Alfred Beck
Der Batzechlemmer
Bärndütschi Gschichte

Cosmos Verlag

Alle Rechte vorbehalten
© 1993 by Cosmos Verlag, CH-3074 Muri bei Bern
Lektorat: Roland Schärer
Umschlag: Stephan Bundi, Niederwangen/Bern
Satz und Druck: Schlaefli AG, Interlaken
Einband: Schumacher AG, Schmitten
ISBN 3 305 00040 6

Inhalt

Bruchrächne 7
Ds Verspräche 23
Der Batzechlemmer 50
Uchrut 83
Der Läbchueche 101
Der Donnerbalke 113

Sächs-Minute-Gschichte
Bärner Platte 127
Unger ufe – obe abe 130
Der Charakterchopf 134
Dräckegi Füess 138
Diplomatie 142

Bruchrächne

Es isch es paar Minute vor den achte gsi. I der Schuelstube vom Lehrer Chräbs hei sech d Bueben u Meitschi nahdisnah zuechegla. Di einte sy i ihrer Schuelbänk gchnorzet, hei chly öppis im Pult gnuuschet u Heft u Büecher zwäggmacht. Angeri, u das isch ender der grösser Huufe gsi, hei no zäme zigglet oder gschwätzt. We me de nachhär e ganzi Stung lang ruehig mues hocken u nume darf rede, we me gfragt wird, so sött me ds Muu äbe no la loufe, solang me darf. Es isch de geng no früe gnue, sech z sädlen u z schwyge, wen es lütet. U no denn cha me chly wyter schwätze, bis der Lehrer ynechunnt. Dä het das zwar nid bsungers gärn, un er het scho mängisch ds einten oder ds angere, wo z tromsig a sym Pult gsässen isch u ds grosse Wort gfüert het, aagsuuret. Weder we me halt eifach öppis Wichtigs z säge het u nid cha warte bis zur nächschte Pouse...

Eis vo de Ching het ds Ämtli gha als Klassechef. U das grad für vierzäh Tag. Oh, me het nid bsungers bös gha mit däm Poschte. Am Morge, vor der erschte Stung, het der Klassechef müesse lüfte. O wen e Schuelstube nid grad so leid schmöckt wi ne Wirtsstuben am Morge, we vilecht no lääri Biergleser oder voui Äschebächer umestöh, früschi Luft ma si glych verlyde. Ömu im Winter, we me d Fänschter schier der ganz Tag mues zue ha.

De het o d Zimmerlinde, wo im Egge näb em Lehrerpult gstangen isch, müesse Wasser ha. Nei, Sprützchanne het es da derfür keini gha, numen e alti, viereggegi Tintefläsche, u die het nach em Lääre geng grad wider müesse gfüllt wärde. Ds Wasser müessi chly abgstange sy, het der Lehrer gseit, das syg für di Pflanze besser weder früsches Leitigswasser. Vilecht het er da gar nid so urächt gha. Di Zimmerlinde isch ömu prächtig cho u het vo unger bis obe Bletter gha fasch so gross wi füffränkegi Läbchuechehärz.

Dür e Tag uus het der Klassechef d Wandtafele müesse putze, dass si für di nächschti Stung wider suber isch gsi. Suber – äbe mit em nasse Schwumm putzt u nid nume mit em trochene Lumpe. Der Lehrer schrybt nid gärn uf ere Tafele, wo verchaareti Chrydewulche druffe sy.

De isch no öppis, wo dä Klassechef jede Morge het müesse mache: ds Kaländerzedeli abrysse un em Lehrer uf ds Pult lege. Nid wäg em Datum, bhüetis nei. Aber hinger uf dene Zedeli isch geng e Spruch gstange, derzue no öppis, wo a däm Tag vor viilne Jahr gscheh isch. U dä Spruch het der Lehrer Chräbs geng vorgläse, un er het meischtens o öppis zu däm Ereignis gseit.

Der Lehrer Chräbs isch äben eine gsi, wo syne Meitschi u Buebe o vo Sache verzellt het, wo nid im Lehrplan gstangen sy. So het er mängs i d Schuelstuben ynetreit, wo niene isch vorgschribe gsi, u derfür mängisch dert, won es ne ddüecht het, es mög's verlyde, füfi la grad sy. Er het der Lehrplan äbe nid für nes unfählbars Evangelium aagluegt. Syner Meitschi u Buebe sy aber dessetwäge nid öppe dümmer bbliben als angeri. Im

Gägeteil, si hei vilecht mängs glehrt u vernoo, wo si süsch chuum einisch öppis dervo ghöört hätte.

O hüt het der Klassechef das Kaländerzedeli abgrisse un uf ds Lehrerpult gleit. Won es glüet het, isch er o a sy Platz ggange, u churz druuf isch der Lehrer ynecho. Dermit sy o di letschte Schwätzimüler still worde. Der Chräbs isch a sys Pult gsässe, het i d Klass use gluegt u di Ching fründlech ggrüesst. Meh oder minger lut isch us de Meitschi- u Buebemüler es «Grüessech Herr Chräbs» cho.

Der Lehrer het sy Brülle füregno, se gründlech putzt u se nachhär uf d Nase tischelet. Ordeli wyt unger. So het er nämlech gäbig drüber wäg chönne schile. Jitz ersch het er das Zedeli gno u gläse. Zersch nume für sich. Derwyle hei ne zwöi Dotzen Ougepaar erwartigsvou aagluegt. Di Ching hei ärschtig druf gspanyflet, was ächt hüt für ne Spruch chömi. U was für nes meh oder minger inträssants Datum. Je nachdäm het nämlech der Lehrer füf oder zäh Minute lang drüber chönne brichte. U ds Zuelosen isch nid nume churzwylig, nei, so am früeche Morge isch es o no unerchannt gäbig, bsungers, we me sech no nid so rächt a d Tagheiteri gwanet isch oder no chly schwäri Ougedechle het un eim ds Dänke no hert aachunt.

Ändlech isch der Lehrer mit Läse fertig gsi u het über d Brüllen übere syner Meitschi u Bueben aagluegt:

«Hüt isch wider einisch öppis Bsungers uf däm Zedeli. Nüüt Ugfreuts oder e Jahrzahl von ere gwunnene oder verlorene Schlacht, vom ne Chrieg oder süsch vom ne Unglück. Nei, es heisst hie, dass am sibezächete Septämber achtzähhundertvierefüfzg ds Wätterhorn zum erschte Mal bestige worden syg. – Wo ds Wätterhorn isch, wärdet dir dänk scho wüsse. Oder amänd nid? Das wär mer de no!»

Di meischte hei gnickt. Meh oder minger yfrig. Die, wo nid so sicher sy gsi, hei ender chly duuche der Chopf vor abe gha u ghoffet, der Lehrer wärdi chuum grad si frage, wo das cheibe Wätterhorn syg. Aber schynbar het dä doch nid meh wöue wüsse. Er het wyter bbrichtet:

«U jitz no der Spruch. Loset: ‹Geteiltes Leid ist halbes Leid, geteilte Freud ist doppelte Freud.›» Er het di Ching di Wort no chly la chüschte. Ersch nach emne Wyli het er gmeint:

«E schöne, aber o wahre Spruch. Dänket einisch chly drüber nache.» Er het ne no einisch vorgläse, drufabe ds Zedeli zämegwuuschet u i Papiirchorb gheit.

«So, de wei mer dänk! – Nehmt das Deutschbuch hervor. Wir wollen sehen, wie ihr eure Hausaufgaben gemacht habt.»

D Pultdechle hei gchlapperet, u wo o der letsch Schleipftrog sys Buech het füregnuuschet gha, het d Schuel ändlech zgrächtem aagfange. Bis zu der erschte Pouse het sech der Lehrer mit syne Schüeler dür Ding- u Eigeschaftswörter, Verbe u Zyte düregwärchet. Äbe luter Sache, wo ds Schrybe so schwär mache.

I der zwöite Stung isch Rächnen uf em Stundeplan gstange. Hie hei si sit öppe drei Wuche es neus Kapitu düregno: Bruchrächne. Es isch di meischte Meitschi u Buebe ordeli hert aacho, sech ungereinisch mit Zahlen umezschlaa, wo ddrittlet, gviertlet oder sogar gfüftlet worde sy. U de het me mit dene no söue rächne. Kompliziert bis dert u änenuse!

U de di Regle, wo me het müessen i Chopf ynebygele: Kürzen eines Bruches heisst…, Erweitern eines Bruches heisst…, Brüche werden multipliziert, indem… Es isch mänge stille Süüfzger i d Schuelstuben useggange u mängs Ulydigs über d Schuel u ds Rächne ddänkt worde. U vilecht hätti der Pestalozzi, wo uf emne Bild a der Wang ghanget isch u mit ärnschte, fasch chly truurigen Ougen i d Schuelstuben usegluegt het, ab mängem, wo i dene Chinderchöpf umetroolet isch, der Chopf gschüttlet.

Ja, das cheibe Rächne! Es het es paari i der Klass gha, wo mit däm ghörig uf Chriegsfuess gstange sy. Zum Byspiil ds Liseli. Es gwirbligs Chrottli, mit emne hälle Chopf u emne gschliffene Muu. Es het Ufsätz gschribe, wo me mängisch schier hätti dörfen i ne Zytig tue. O i der Geographie isch es guet deheime gsi. Hingäge i der Gschicht, da het es bös ghaperet, bsungers mit de Jahrzahle. Weder die het men i Gottsname müesse wüsse. Bsungers die vo Schlachte. U vo dene hei ja di alte Eidgenosse meh weder nume gnue gliferet. Uf guet Bärndütsch gseit, het men i der Gschicht, ömu so wi si no vor em Zwöite Wältchrieg a üsne Schuele glehrt worden isch, zur Houptsach müesse wüsse, wär wäm wo u warum uf e Gring ggä het! U da sy äbe Jahrzahle unerchannt wichtig gsi. Es isch doch eine kei rächte Bärner, wen er nid weiss, wenn d Schlacht bi Loupen oder Murten isch gsi.

Aber grad mit dene Jahrzahle het ds Liseli Müei gha wi numen öppis. U prezys so Müei het es o mit de Zahlen im Rächne gha. Vilecht nid ganz vergäbe het es einisch im ne Ufsatz gschribe: «Wenn ich noch einmal leben könnte, möchte ich in einer Welt sein, wo es keine Zahlen gibt!»

Der Lehrer Chräbs het zersch fasch chly müesse lache, won er das gläse het. Er het ja das Meitschi e Bitz wyt chönne verstah. We men eifach ds Gspüri für öppis nid het, u me mues das glych i Chopf yne chnorze, das isch e herti Sach.

Oder de der Chrigeli. Bi däm isch es ender no erger gsi. Er het nid numen im Rächne bös gha, nei, es het chuum es Fach ggä, won er nid eine vo de letschten isch gsi. Nume het me wäge däm nid eifach ihm d Schuld dörfen i d Schue schiebe.

Afen einisch isch Chrigeli us zimli ugfreute Verhältnis cho. Me het zwar nid grad chönne säge, sy Vatter syg e liederleche Kärli. Aber öppe der Breevscht isch er nid gsi. Er het äbe trunke. U das scho sit junge Jahre. Wahrschynlech isch er da chly erblech belaschtet gsi. Sy Vatter, het es gheisse, syg im glyche Spittu chrank gsi. Als Bouhandlanger het Chrigelis Vatter nid viil u derzue o nid regumässig verdienet. U vo däm Gäld isch geng e ghörige Bitz i de Wirtschafte blybe lige.

So het sy Frou di Familie mit Wäschen u Putze meh oder minger elei müesse düreschleipfe. Dass di Lüt unger denen Umständ nid grad es bsungers gfreuts Familieläbe hei gha, isch nid z verwungere gsi. D Mueter isch mit de Jahren e abegwärcheti, verbittereti Frou worde, wo näben ihrem Maa chumm öppis z lache het gha. Dä het meischtens i sys Eländ yne trunke u syr Familie nüüt dernah gfragt. O sym Bueb nid. Wen er aaddrääit isch gsi, isch men ihm gschyder usgwiche, de het er en unerchannte Chouderiluun gha u schier wäge nüüt chönne wüescht tue. U wen er nüechter isch gsi, bsungers wen er keis Gäld het gha, isch er wehlydig umeghocket u het sech sälber beduuret. De het er o öppe dervo gredt, mit däm Trinke ufzhöre, het höch u heilig versproche, er rüeri kei Alkohol meh aa, aber es isch geng nume bi de guete Vorsätz u de lääre Versprächige bblibe. Familieläbe? Nei, vo däm het me bi Chrigeli deheime chuum chönne rede.

Was dä Bueb bi dene Zueständ für ne Läbtig het gha, cha me sech dänke. Aber wäge däm elei hätt er ja nid so Müei müesse ha i der Schuel. Es chunnt ja no mängs Ching us leide Verhältnis u het glych e hälle Chopf. Nei, bi Chrigeli isch da no öppis angers derhinger gsi. Er het äbe wahrschynlech das useligen Erb vo Vatter u Grossvatter mit uf d Wält übercho. Das Gift, wo i denen inne ghocket isch, het men o bi däm Bueb no möge gspüre. Sys Dänken isch unghüür langsam u schwärfällig gsi. Er het unerchannt bös gha, bis er öppis zgrächtem begriffe het. Nei, z sägen, er syg e Dumme, das wär z hert gsi. Vilecht eifach ender e Chniepi u Chnorzi, eine mit ere länge Leitig.

Aber der Lehrer Chräbs het mit däm Bueb en unghüüri Geduld gha. Won er ne vor angerhalbem Jahr i sy Klass übercho het, da isch er zersch schier verzwyflet ab däm Bueb. E Zytlang het er sogar gwärweiset, ob dä amänd nid gschyder i d Hilfsschuel sött. U glych het es ne ddüecht, so leid syg es mit däm Bueb doch nid un er miech sech dermit di ganzi Sach doch chly z eifach. Derzue het ihn dä Bueb o no dduuret. Drum het er chly umeglost u du no gly einisch gseh, was Gattigs.

Was er da so vernoo het, isch nüüt Gfreuts gsi. Mängen angere Lehrer hätti da nume d Achsle glüpft u sech gseit, es gangi ihn zletschtamänd nüüt aa, wi nes bim ne Schüeler deheimen usgseji. Aber nid der Chräbs. Un es isch o nid z erschte Mal gsi, dass er der schwärer Wäg ygschlage het. Er het sech gseit, mit chly Geduld u Liebi chönni us däm Bueb glych öppis wärde. Zwar nid grad e Muschterschüeler. U we scho der Vatter nid rächt zu däm Bueb luegi, de mües halt der Lehrer chly meh i d Hose.

Aber nid nume ds Liseli u der Chrigeli hei Müei gha mit em Rächne u jitz bsungers mit däm Bruchrächne. O angerne het das nume schwär i d Chöpf yne wöue. U ei Tag nach der Rächnigsstung het der Lehrer ghöört, wi eis bim Usegah gwäffelet het:

«Das cheibe Bruchrächne – das isch mytüüri e Bruch!»

Der Chräbs isch nid öppe toube worde derwäge, bhüetis nei. Er het ja di Ching meh weder nume verstange. Er hätti ne ja dä Chummer u di Sorge gärn erspart, aber söveli het er der Lehrplan doch nid linggs dörfe la lige, süsch hätt er de amänd Chritz übercho mit em Schuelinspäkter oder sogar mit der Schueldiräktion. U de Ching hätt er ja dermit o kei guete Dienscht ta. Aber eis het er chönne: Geduld ha – u no einisch Geduld!

Aber es isch nid geng liecht gsi. Bsungers äbe bim Chrigeli. Da isch es eismal fasch lätz usecho. Churz nachdäm si mit em Bruchrächne hei aagfange gha. Da het dä Bueb eifach nid wöue begryfe, dass e Drittu grösser syg weder e Viertu un e Sächstu grösser als en Achtu. Vier syg doch meh weder drü u acht o meh als sächs, het er geng wider gseit. Der Lehrer het ihm's gluegt z erchläre, geduldig, geng u geng wider. Aber es het nüüt bbattet. Für Chrigeli isch vier eifach meh gsi weder drü u dermit isch dänk e Viertu o meh weder e Drittu!

Zletschtamänd het's der Lehrer no mit emne Byspiil gluegt z erchläre:

«Dänk einisch, win es isch, Chrigeli, we dy Mueter e Guguhupf macht. We si dä i vier oder sächs Bitze verschnydt – äbe Viertle oder Sächstle macht, wenn git es de di grössere Bitze?»

Mit emne länge Blick, wo em Lehrer uf ne ganz eigelegi Wys a ds Härz ggangen isch, het ne der Bueb aagluegt. Drufabe het er der Chopf langsam vor abe gha u ändlech schier nume gchüschelet:

«… d Mueter – het no nie – e Guguhupf gmacht…»

Merkwürdig, we süsch einisch eis öppis dernah gseit het, sy geng es paari gsi, wo gmeint hei, si müessi lache. Aber jitz het me nüüt ghöört. Fasch chly verläge hei di meischte der Chopf ddrääit u Chrigeli nume schüüch aagluegt. Hei si amänd gspürt, was hinger dene Wort steckt?

O der Lehrer isch fasch chly erchlüpft. Er het gseh, dass er mit däm Byspiil vom Guguhupf wüescht dernäbetrappet isch. Usgrächnet bi däm Bueb so öppis ga z säge! Es het ne unerchannt möge, dass er nid meh vor d Nasen use ddänkt het, un er hätt viil drum ggä, wen er syner Wort hätt chönne zrüggnäh. Aber gseit isch gseit. Was jitz? En Ougeblick het er no gwärweiset, nachhär isch er zum Bueb hingere, het ihm über di borschtige Haar gstriche u verläge gseit:

«Scho rächt, Bueb, scho rächt. I ha di nid wöue trappe!»

I der Stung het er Chrigeli nümme dragno.

U jitz hüt, i der Rächnigsstung, isch es scho wider Chrigeli gsi, wo schynbar öppis nid begriffe het. Weder das het nume für en Ougeblick so usgseh. Hingerdry het sech der Lehrer nämlech müesse säge, dass dä Bueb trotz sym langsame Dänke e Bitz wyt guet überleit het. Vilecht besser als mängs angers.

Der Lehrer het scho ne Zytlang Bruchrächnigen a d Tafele gschriben u dürenäxpliziert. Da het Chrigeli ungereinisch d Hang ufgha. Das isch eigetlech fasch nie vorcho, u drum het ne der Lehrer hantli gfragt, was er wöu. Bevor sech dä Bueb no greuig wird u d Hang wider abenimmt.

Es het fasch usgseh, wi we dä Bueb sälber erchlüpft wär ab sym Muet, öppis wöue z frage, u drum isch es en Ougeblick ggange, bis er ändlech fürebbroosmet het:

«... Dir heit gseit gha – we me öppis teili – je meh Bitze me machi – descht chlyner wärdi eine...»

Er het verläge gschwige. Ugsinnet het er nümme wytergwüsst. Oder het er sech nid trouet? Der Lehrer het ihm gluegt z hälfe:

«Prezys so isch es, Chrigeli. Gsehsch, jitz hesch es doch begriffe. Es isch doch gar nid so schwär – oder?»

Jitz het der Bueb ds Troom wider gfunge:

«Aber uf däm Kaländerzedu vo hüt het es doch gheisse – e teileti Freud syg dopplet – we me doch öppis teilet – chan es doch nid meh sy weder vorhär...»

I der Schuelstuben isch es totestill gsi. Di angere Ching hei Chrigeli schier uglöibig aagluegt. Dass dä öppis vo sech het la ghööre, derzue no i der Rächnigsstung, ohni dass ne der Lehrer gfragt het, das isch ne meh weder ugwanet vorcho. U de ersch, was er gseit het...

Aber o der Lehrer isch sprachlos gsi. Der Chrigeli! Bi däm isch es doch fasch es Wunger, we dä einisch vo sich uus ds Muu ufmacht – u jitz chunnt er mit so öppisem derhär! U zu däm, won er gseit het, isch es gar nid liecht, di rächti Antwort z gä. E Rächnig, wo däm Bueb nid het wöuen ufgah – u jitz em Lehrer o nid grad ufgeit.

Ändlech het der Lehrer doch gfunge, er sött däm Bueb en Antwort gä. Nume wott die guet überleit sy – wen er jitz nid ufpasst, was er seit, de chönnt es lätz usecho. U de nid numen im Rächne!

Zletschtamänd het er du en Antwort zwäg gha. Nei, ender en Usred, für sech di richtegi Antwort no zgrächtem u i Rue chönne z überlege.

«Los, Chrigeli, mir rede de no dadrüber. Jitz sötte mer zersch luege, dass mir mit üsne Rächnige da a der Tafele z Rank chöme – aber i vergisse di nid!»

Bim Mittagässe isch der Lehrer zimli schwygsam am Tisch ghocket. Di Sach het ihm meh z dänke ggä, als er zersch gglaubt het. Sys nachdänkleche

Gsicht isch du sogar der Frou Chräbs ufgfalle, u won er vo sich uus nüüt het wöue säge, het si ne ändlech gfragt:

«Hesch Sorge? Plaget di öppis wäge der Schuel?»

Der Lehrer het di paar letschte Löffle Suppen usgässe, u ersch bi de Bohne un em Späck het er du syr Frou di Gschicht wäg em Chrigeli, em Bruchrächnen un em Kaländerspruch verzellt.

«U jitz weisch nid, was däm Bueb wosch säge. Isch es nid so?» het sy Frou mit emne Lächle gmeint.

«Äbe ja. I ha eifach öppis glätzget u gseh nümme voruse.» Er het e tiefe Schnuuf ta u gedankeverloren i ds Täller gluegt. Sy Frou het o nüüt meh gseit. Aber si het sech ihri eigete Gedanke gmacht. Si het ja gwüsst, wi nes um dä Bueb steit – i der Schuel u deheime. Ersch bim Ggaffee het si du gmeint:

«Los, säg däm Bueb no nüüt. Aber bring ne hüt nach der Schuel dahäre!»

Ihre Maa het se läng aagluegt:

«Jä, was Cheibs hesch im Sinn? Meinsch öppe, du chönnisch das besser erchläre weder ig? I weiss nid rächt – was wosch mache?»

Si het fyn glächlet:

«Gsehsch es de. Weder i gloube, i ha di richtegi Antwort!»

Am vieri, nach em Lüte, wo di Meitschi u Buebe zur Schuelstuben us sy, het der Lehrer der Chrigeli zrügg grüeft. Dä isch erchlüpft. Was wott der Lehrer? Amänd no mit ihm schimpfe wäge syr dumme Frag hüt i der Rächnigsstung? Er isch unger der Türe blybe stah u het duuche zum Lehrer gschilet. Aber dä het nöie nid bös drygluegt.

«Chrigeli, du söttisch no gschwing mit mer i d Wonig übere cho – nei, du bruuchsch nid z erchlüpfe. Mir geit es prezys wi dir, i weiss nämlech o nid, warum. Aber my Frou het's befole, u da sötte mer dänk pariere.» U mit emne verschmitzte Ougezwinkere het er em Bueb ddütet, mit ihm z cho:

«Chumm, mir wei se nid la warte.»

Si sy zäme der Gang hingere zu der Lehrerwonig trappet. Chrigeli mit emne ordeli uguete Gfüel im Härz. Gwüss, sowyt er di Frou Chräbs kennt, isch si nid z förchte. Weder einewääg… Der Lehrer hingägen isch unerchannt gwungerig gsi. Was het ächt sy Frou wider einisch im Gürbi?

D Frou Chräbs het di beide fründlech empfange. Em Bueb het es fei chly gwohlet. Uguets het er hie chuum müessen förchte. Aber was de süsch?

«Wartet en Ougeblick», het d Lehrersfrou gseit u di beiden i der Stube la stah. Churz druuf isch si wider derhär cho. I der einte Hang het si es grosses Täller gha, u dert druffen isch e wunderschöne, guldigbruune Guguhupf gstange. Em Chrigeli sy fasch d Ougen usegheit, u o der Lehrer het nume stober gluegt.

«Weisch, was das isch?» het jitz d Frou Chräbs der Bueb gfragt. Dä het nume läär gschlückt u du ändlech gstaglet:

«… nei – oder wou – e Guguhupf?»

«Ja», het d Frou Chräbs umeggä, «u du heigsch schyns no nie so eine gha, oder?»

Chrigeli isch rot worde. Es isch ne unerchannt hert aacho, öppis z säge. Ändlech het er meh nume bbrümelet:

«... d Mueter – si het halt kei Zyt – si mues ga wäschen u putze – u de chunnt si spät hei – u de isch si müed...» U nume schreeg ungerufe het er zersch d Frou Chräbs u nachhär dä Guguhupf aagluegt. D Lehrersfrou het gspürt, wi ugärn der Bueb das gseit het. Er het se unghüür dduret. Si het ihm d Hang uf d Achsle gleit:

«Lueg Chrigeli, jitz hesch du einisch eine – dä isch nämlech für di!»

«...für – für – mi...?» Chrigeli het sech fasch verschlückt derby. «Aber – warum?»

«Warum?» D Frou Chräbs het ne aaglachet. «Du sousch o einisch dörfe Guguhupf ässe. U derzue wott i dir o no öppis zeige. Du hesch doch sicher Freud a däm Guguhupf, oder?»

Der Bueb het numen es «Mhm» fürebbracht.

«Äbe gsehsch. U we du dä Guguhupf jitz hei nimmsch, het d Mueter sicher o Freud dranne. De hesch du dy Freud teilet, un es isch e doppleti Freud. U we der Vatter o no hilft ässe, de isch si sogar drüfach! Masch jitz nache – i meine wäge däm Spruch uf em Kaländerzedu?»

Em Chrigeli syner Ouge sy geng grösser worden u zletscht isch es Lüüchten über sys magere Buebegsicht ggange. Säge het er nüüt chönne. Er het nume geng uf dä Guguhupf gluegt, de wider zur Frou u zum Lehrer. U ändlech het er du zgrächtem begriffe, was das bedütet, un es isch us ihm use cho:

«... i – i darf dä – Guguhupf haa – heinäh – für mi – u für d Mueter – u für e Vatter...» Bim letschte Wort isch fasch so öppis wi ne Schatte über sys Gsicht ggange. Der Lehrer u sy Frou hei's gseh. Äbe ja, der Vatter!

Aber dä Schatte isch gleitig wider verschwunde, un em Chrigeli het d Freud über das Gschänk wider us den Ouge glüüchtet. D Frou Chräbs het der Guguhupf ab em Täller gno:

«I packe der ne no y. Aber verdrück ne de nid. U de seisch der Mueter e fründleche Gruess vo mir! – Aber den angere Ching seisch nüüt. Das söu es Gheimnis unger üüs blybe!»

Si het dä Guguhupf i nes Papiir ypackt u ne em Bueb ggä. Dä isch zersch no dagstange, dä choschtbar Schatz i de Häng, u het di ganzi Sach geng no nid rächt chönne gloube. Ersch wo d Frou Chräbs d Wonigstür ufgmacht u gseit het: «Jitz gang, Bueb, so hesch o no chly öppis vo dyr freie Zyt», isch er schier wi us emne Troum erwachet u langsam us der Wonig trappet. Unger der Türe het er no einisch still gha, sech umddrääit, d Lehrersfrou mit emne dankbare Blick aagluegt u gseit:

«Merci, Frou Chräbs – merci!» Nach paarne Schritt het er no einisch über d Achsle zrügg gluegt u derzue der Lehrer aaglachet:

«U dass e Drittu grösser isch weder e Viertu – das glouben Ech jitz o, Herr Chräbs!»

Wo d Frou Chräbs d Wonigstür zuegmacht het, isch ihre Maa geng no dagstangen u het sen aagluegt, wi we si grad vom Mond abecho wär. U ersch nach emne tiefe Schnuuf het er du ändlech gmeint:

«I bi doch weiss Gott scho lang Schuelmeischter, aber so öppis wär mer glych nid i Sinn cho – es nimmt mi nume wunger, wo du das här hesch!»

Si het ne aaglachet:

«Dy Schuelstubewysheit i Ehre – aber mit deren elei isch es äbe mängisch nid gmacht. U derzue, wen es dir o i Sinn cho wär – dä Guguhupf hättisch du ja chuum sälber bbache, un i hätt glych i d Hose müesse! Weder syg es jitz, win es wöu, dä Bueb het mi eifach dduuret. U dass mer ihm hei chönnen e Freud mache, isch im Ougeblick zmingscht söveli wärt wi dys Bruchrächne!»

Ds Verspräche

Nei, grad bsungers rosegi Zyte het Mosimaa i der Letschti nid gha. No bis vor paarne Jahr isch sys Tapiziererbudeli nid schlächt ggange. Aber o ne Handwärcher het äbe di leide Dryssgerjahr möge gspüre. D Lüt hei chuum meh öppis la mache. U wen er scho einisch en Arbeit übercho het, de het er em Gäld no lang müesse nacheloufe, wil es dene Lüt nid bsungers pressiert het mit em Zale.

Mosimaa het sys Budeli schattsytig a der Poschtgass unger gha. Deheime gsi isch er mit syr Frou zämen im ne ängen u chlyne Loschy a der Brunngasshalde. Früecher, won es ne no chly besser ggangen isch, sy si im Altebärg unger z Huus gsi. Aber bi däm schlächte Gschäftsgang isch ne di Wonig eifach z tüür worde, u si hei, so weh es ne ta het, für öppis Eifachers müesse luege. Weder es isch ne nüüt angers bblibe, als sech nach der Dechi z strecke. U der Huszins isch im Ougeblick fasch ds einzige gsi, wo si dranne hei chönne spare.

Für o no chly öppis hälfe z verdiene, het d Frou Mosimaa für ds Züghuus Militärchleider gflickt. Numen isch di Arbeit für ihri Gsundheit nid grad ds beschte gsi. Schier der ganz Tag i der Stuben inne über di Nääiarbeit bbückt, das isch nid bsungers guet gsi für ihri Lunge. Der Dokter het ere scho öppen einisch gseit gha, si sött müglechscht flyssig a di früschi Luft u a d Sunne. U ne

Kur würdi o nüüt schade. Weder we si mit däm Nääje öppis het wöue verdiene, so het si weiss Gott nid no Zyt gha, stungelang voruse z gah oder uf ere Promenaden a der Sunne z hocke. A d Luft usen isch si schier nume cho, we si isch ga Komissione machen oder we si einisch i der Wuche mit em Leiterwägeli i ds Züghuus usen isch. Aber das Bitzeli früschi Luft isch halt eifach z weeni gsi für di schwachi Lunge. So het d Frou Mosimaa mit der Zyt e chychigen u chirbligen Aaten übercho, u ne Hueschte het sen aafa plage. Ga kure? Das hei Mosimaas doch nid vermöge! Derzue isch no en angere Bräschte cho. Es het ere mit den Ougen aafa böse. Kei Wunger, si het ja i der fyschtere Stube der ganz Tag d Lampe müesse la brönne, u bi däm Liecht het das Nääje vo däm dunkugrüene Militärstoff d Ouge unerchannt aagsträngt. U di überaagsträngten Ouge hei Chopfweh ggä. Aber d Frou Mosimaa het nie gchlagt. Näbe der Hushaltig zueche het si flyssig u ohni es Wäse z mache gnääit, mängisch schier bis zum Umgheie. Was ere da derby alles dür e Chopf ggangen isch, cha me chuum erahne, u wi mänge Süüfzger i di Hosen u Chitteli ynegnääit worden isch, weiss niemer.

Wo Mosimaa ei Tag deheimen i d Chuchi trappet isch, het ihm sy Frou zimli ufgregt e Brief häregstreckt:
«Lueg da – en ygschribne Brief, u de no für mi!»
Mosimaa het se stober aagluegt:
«U warum hesch ne nid ufgmacht?»
«I ha mi nid rächt trouet. En ygschribne Brief…»
«Vo wäm isch er überhoupt?»
Si het ihm der Brief ggä:

«Eh, lueg sälber. Nöjis von ere Gmeinsverwaltig. Aber mach du ne uuf. Amänd isch es öppis Ugfreuts.»

Mosimaa het dä Brief zersch uschlüssig i der Hang gha u ne du ändlech neecher aagluegt. En ygschribne Brief – settig bringe füraa numen Erger. U vo däm het er im Ougeblick weiss Gott gnue. Weder was het er wöue? Dä Brief ghöört dahäre – zu syr Frou. Da dranne het d Adrässe kei Zwyfu gla:

«Frau Lina Mosimann-Zbinden» het es da dütlech gheisse. Im linggen ungeren Egge isch «Gemeindeverwaltung Sumiswald» gstange. Was Chrotts wott jitz di Sumiswalder Gmeinsverwaltig vo syr Frou? Dass die einisch dert gläbt hätti – nei. U es isch o nid ihre ledig Heimatort gsi. We das nid e luschi Sach isch... Er het der Brief uf e Chuchischaft gleit u gmeint:

«Mir wei afen ässe. We mer das Gschrift jitz läse, vercheibet's is amänd nume der Appetit.»

Wo si fertig sy gsi, het er dä Brief syr Frou häreggä:

«Mach ne nume sälber uuf. I ha's nid zum Bruuch, angerne Lüte ihri Poscht z erläse.»

«We du meinsch...», het d Frou Mosimaa gmacht, dä Umschlag schier chly usicher gno u ne mit em Mässer ufgschnitte. Si het der Brief usegchnüblet, ne uf e Tisch gleit, glattgstrichen u du ändlech aafa läse. Er isch nid bsungers läng gsi. Guet es Halbdotze Zyle. Wo si mit Läsen isch fertig gsi, het si ufgluegt u nume der Chopf gschüttlet. Drufabe het si dä Brief ihrem Maa häregschobe:

«Da, lis einisch. I chume da nid ganz nache.»

Dä het der Brief gmuschteret. Linggs oben isch no einisch ds Glyche gstange wi uf em Umschlag: «Gemeindeverwaltung Sumiswald.» Drunger zueche no «Gemeindeschreiberei». U nach der Adrässen un em Datum ändlech der Tägscht:

«Sehr geehrte Frau Mosimann,

Wir möchten Sie höflich bitten, in den nächsten Tagen auf unserer Gemeindeschreiberei wegen einer Erbschaftsangelegenheit vorzusprechen. Ihre persönliche Anwesenheit ist unbedingt erforderlich. Wir ersuchen Sie, Ihren Geburts- und Ihren Trauschein mitzubringen.

Sollte es Ihnen nicht möglich sein, dieser Einladung in den nächsten Tagen Folge zu leisten, so bitten wir um telephonische Benachrichtigung.

Mit vorzüglicher Hochachtung
Gemeindeschreiberei Sumiswald»

Drunger isch e wunderschön häregmaleni Ungerschrift gstange.

«I verstah o nid meh, als dass du schynbar uf das Sumiswald yne muesch», het Mosimaa gseit, won er mit Läsen isch fertig gsi. «Aber en Erbschaftsaaglägeheit? Vo wäm hättisch du öppis z erbe? Hesch du amänd no Verwandti i däm Sumiswald?»

«Nid dass i wüsst», het sy Frou umeggä. «I ha numen e Tante vo Vatters Syte gha, u die isch vor meh weder zäh Jahr gstorbe. Süsch wüsst i bim beschte Wille niemer!»

«Isch de di Tante nid öppen i däm Sumiswald deheime gsi?»

«Nei, di het hie z Bärn gläbt u isch o da gstorbe. – De mues i halt dänk uf das Sumiswald yne, de sy mer de us em Gwunger use!»

«Miraa. Nume geisch mer nid elei. I chumen o mit. Du muesch öpper by der ha, süsch putze die di amänd numen ab uf der Gmeinsschryberei. So ne Gmeinsschryber hocket mängisch unerchannt höch uf em Ross obe, wen er nume so ne eifachi Frou vor sech het. Me kennt ja di Lüt uf dene Ämter!»

Sy Frou isch nid ganz der glyche Meinig gsi:

«Das wird dänk chuum so schlimm sy. Un i cha mi dänk o wehre. U de choschtet das nume wider meh, we mir sälb zwöit gange.»

«Nüüt isch, mir göh zäme! U wäge de Chöschte – we mir de wäge nüüt derthäre gsprängt wärde, vilecht nume für ne Uskunft z gä, de cha me dänk di Uslage zrüggverlange.»

«Es wird wahrschynlech scho öppis derhinger sy», het d Frou Mosimaa gwärweiset, «süsch würde die nid schrybe, i müessi pärsönlech cho. U wen es würklech en Erbschaftsaaglägeheit isch...»

«Öppis Sturms eso! Wenn cha üsereins scho öppis erbe! Höchschtens Schulde. U vo dene han i sälber gnue!»

Si sy du aber doch räätig worde, di Sach nid lang usezstüdele u scho morn z reise. Är chönni sys Budeli scho ne Tag zuetue. U je tifiger si gangi, descht ender wüssi si, woraa si syge.

O wen's keis het wöue zuegä, im Gheime hei si beidi ghoffet, es syg doch öppis mit der Erbschaft. Es bruucht ja nid viil z sy, aber äbe doch chly öppis. Ömu bruuche chönnte si's!

So sy du Mosimaas am angere Morge scho früe gäge Bahnhof gschuenet. Si sy beidi gsunntiget gsi u derzue ordeli ufgregt.

Z Sumiswald sy si zersch chly wi verschüpfti Hüener uf em Bahnhof gstange u hei nid rächt gwüsst, wo y u uus. Wo isch di Gmeinsschryberei überhoupt? Der Mosimaa isch du der Bahnhofvorstand ga frage. Dä het ihm mit paarne Wort erchlärt, wodüre. Di zwöi hei sech uf e Wäg gmacht. Zersch isch es e Zytlang der Strass nah obsi ggange, bis si zgrächtem i däm Dorf sy gsi. Dert hei si du das Huus mit der Gmeinsverwaltig no gly einisch gfunge. Vor der Tür, wo mit «Gemeindeschreiberei» isch aagschribe gsi, isch Mosimaa churz blybe stah:

«I gloube, es isch gschyder, we numen eis redt. Es isch ja dy Aaglägeheit, u drum söttisch du Red u Antwort stah. Wen es de bös sött gah, chan i der de geng no z Hilf cho. Sälb zwöit sötte mer gäge dä Gmeinsschryber de scho möge bcho!»

«Eh, tue jitz nid so i Vorrat chummere», het sy Frou gmeint. «Im Brief het er ömu ganz gattlig gschribe!»

«Papiir isch geduldig u bim Schrybe cha me hüüchle, ohni rot z wärde. Mir gseh's ja de! – De wei mer dänk.»

D Frou Mosimaa het aagchlopfet, u nachhär sy si ordeli duuchen ynetrappet. Im Büro isch e jüngere Maa am ne Schrybtisch ghocket. Er het di beide gmuschteret, ne der Gruess abgno u nach ihrem Begähre gfragt.

«I sött mi schyns hie mälde», het d Frou Mosimaa Bscheid ggä u ihre Name gseit. «Wägen ere Erbschaftssach...»

«Ah, ja», het der anger umeggä, «i mälden Ech grad bim Herr Gmeinsschryber. En Ougeblick, bitte.»

Er isch im angere Büro verschwunde, churzum wider usecho u het mit der Hang ddütet:

«We Dir wettet so guet sy...»

Mosimaas sy i di angeri Stube gstoglet. Es isch es zimli grosses Büro gsi mit Schubladestöck, ghörige Wandschäft u emne grosse, runde Tisch mit Stüel drumume. Bim einte Fänschter vorne isch e bhäbige Schrybtisch gstange. Derhinger isch en öppe sächzgjährige Maa gsässe. Syner Haar, nümme bsungers viil, sy scho ordeli grau gsi u a de Schläfe wyt i d Backen abe ggange. Das het sym Gsicht es gmüetlechs Useluege ggä. Uf der länge, schmale Nase isch e dünni Drahtbrülle ghöcklet, u derhinger hei es Paar chlyni Öigli schier verschmitzt fürebblinzlet.

Em Mosimaa het es bi däm Aablick fei chly gwohlet. Nei, das isch schynbar nid eine, wo eim ds Förchte wott lehre. Mit däm Maa schynt me chönne z rede.

Der Gmeinsschryber isch ufgstange, hinger em Schrybtisch fürecho u het der Frou Mosimaa d Hang häregstreckt:

«So, Dir syt also di Frou Mosimaa! Gottwilche. Gärber isch my Name. – U Dir syt dänk der Herr Mosimaa.»

Der Gmeinsschryber het am grosse Tisch zwee Stüel zwäggrückt:

«Syt so guet u hocket ab. Mir chönne so de besser zäme brichte.»

Er het us ere Schublade es paar Gschrift füregno u isch nachhär o a Tisch cho höckle.

«So», het er ändlech gmeint, «Dir heit däich nid schlächt gstuunet ab mym Brief. Weder bevor i uf wyteri Einzelheite z rede chume, sött i doch zersch luege, ob

Dir di Frou syt, wo mir sueche, das heisst, ob Dir di richtegi Frou Mosimaa syt. Nüüt für uguet, weder bi däm, wo da uf em Spiil steit, mues me di gsetzlech Vorschrifte rächt befolge. I wett Euch nid der Späck dür ds Muu zie u de hingerdry müesse säge, mir heigen üüs trumpiert.»

Bi dene Wort hei Mosimaas enanger läng aagluegt. Isch a der Sach amänd doch öppis nid i der Ornig?

«Heit Dir di Uswyspapiir da?» het der Gmeinsschryber gfragt. «Zmingscht der Geburtsschyn sött i gseh.»

Er het di Schyne umständlech aagluegt, nachhär i syne Gschrift aafa blettere u eis dervo vor sech häregleit. Mosimaa isch schier tubetänzig worde derby. «Herrschaft», het er ddänkt, «was chniepet dä ömu o? Dä het doch scho lang gseh, wär my Frou isch!» O sy Frou isch langsam ulydig worde. Aber ändlech isch dä Gmeinsschryber doch fertig worde u het di zwöi Schrybe der Frou Mosimaa umeggä. Nachhär het er d Brüllen abgno, di Frou no einisch gmuschteret u du d Chatz ändlech us em Sack gla. Ömu afen e Bitz wyt:

«Wou, Dir syt di Frou Mosimaa, wo mir gsuecht hei.»

«Gsuecht? – Mi bruucht me doch nid z sueche. I bi doch geng z Bärn deheime gsi, u Dir heit ja my Adrässe gwüsst, süsch hättet Dir mir ja nid gschribe.»

Der Herr Gärber het glachet:

«Di Sach isch äbe gar nid so eifach. Mir hei zersch gar nid e Frou Mosimaa gsuecht – mir hätten e Lina Zbinde söue finge...»

«Ja, das bin i – oder früecher ömu einisch gsi.» D Frou Mosimaa het ne läng aagluegt.

«Das hei mir nach langem Suechen o gmerkt. Weder bis es sowyt isch gsi… He nu, mir hei Euch jitz ändlech gfunge. I bi froh drüber. U jitz, wo d Formalitäte erlediget sy, chönne mer ändlech zur Sach cho. Es geit also um nes Teschtamänt. U dert drinne syt Dir, Frou Mosimaa, erwähnt.»

«Teschtamänt? Was für nes Teschtamänt? Mir isch nöie nüüt bekannt, dass öpper Verwandts vo mir sött gstorbe sy, u my einzegi Tante isch…»

«Es geit nid um ne Tante», het der Gmeinsschryber gmeint. «Seit Euch der Name Jakob Scheidegger öppis?»

«Scheidegger? – Wartet einisch… He wou, so het my Mueter als ledig gheisse. Weder i chume glych nid nache. Jakob Scheidegger? Wär söu das sy?»

«Nach myne Ungerlagen isch es der Brueder vo Euer Mueter – also Euen Unggle.»

«En Unggle? Vo mir?» D Frou Mosimaa het läng ggluegt. «Jakob – Köbi Scheidegger – Unggle Köbi? Nei – weder wartet einisch…» Si het aagsträngt nacheddänkt. Ungereinisch isch es Uflüüchten über ihres Gsicht ggange:

«Wou, i gloube, jitz bsinnen i mi wider. – Wi isch das jitz nöie gsi? Ja, prezys, dä mues es sy! Aber di Gschicht isch vor länger Zyt gscheh, sicher vor meh weder zwänzg oder füfezwänzg Jahr. Löötet mi en Ougeblick la nachedänke – wou, jitz weiss i's wider. Loset!»

U so guet si das mit weeni Wort het chönne brichte, het si aafa verzelle.

Ds Lineli Zbinde, es isch denn zähjährig gsi, isch churz nach de zwölfe vo der Schuel heicho. Wo nes d Wonigstür ufgmacht het, da het es us der Chuchi luti u ufgregti Stimme ghöört. Ds Lineli isch im Gang blybe stah u het glost. Vatter u Mueter hei schynbar mit emne Maa, wo nes aber a der Stimm aa nid gchennt het, zimli lut u bös gredt. Es sy nid grad schöni Sache gsi, wo das Meitschi da z ghöören übercho het.

«...i ha der scho einisch gseit, du heigisch hie bi üüs nüüt meh verlore», het der Vatter toube gseit. U d Mueter het nacheddopplet:

«Scho üsne Eltere hesch nüüt weder Chummer u Sorge gmacht. We du jitz meinsch, du chönnisch di hie bi üüs zuechela, de hesch dir der lätz Finger verbunge!»

En Ougeblick isch es still bblibe, nachhär het der anger Maa duuchen umeggä:

«I ha ja gar nüüt gseit vo Zuechela. I gah ja churzum wider furt. Wen i nume bis morn chönnti blybe, bis i weiss, wi nes wyter geit...»

«Wi nes wyter geit», isch ihm der Vatter über ds Muu gfahre. «Äbe geit es de nid wyters. Un us däm einte Tag wird e Wuche oder zwo, un es geit nie wyter! I kenne doch dyner fule Sprüch!»

«Das sy keiner fule Sprüch!» het sech der anger gwehrt. «I triffe morn e Fründ, u de göh mer zäme furt. Aber i mues uf ne warte. Drum sötti di Nacht am nen Ort chönne blybe, u da han i ddänkt, bi myr Schwöschter...»

«Hesch ddänkt! Äbe, für das fingsch eim de ungereinisch u bsinnsch di wider, dass du no Verwandti hesch. De isch me de wider guet gnue. Weder vorhär machsch eim nüüt weder Schand ane!» Der Mueter ihri Stimm het hässig tönt.

«I wüsst nid, dass i dir einisch e Schand ane gmacht ha – dir ganz sicher nid! Aber i weiss, dass me mi als nes schwarzes Schaf aaluegt. Das isch scho geng so gsi!»

Jitz het es ds Lineli doch afe wunger gno, was das für einen isch, wo da vo Mueter u Vatter derewääg i d Hüpple gno wird. Es isch hübscheli zur Chuchitür, wo numen aaglähnet isch gsi, zuechetüüsselet u het se süüferli chly ufgstosse. Syner Eltere het es nid möge gseh. Die sy am Tisch ghocket. Aber dert, vor em Chuchischaft, isch e Maa gstange, won es no nie gseh het gha. Wi alt er isch, het es nid chönne säge. Vilecht chly elter weder der Vatter. Er het nid grad di breevschti Bchleidig treit. Je länger ds Lineli dä Maa aagluegt het, descht weniger het es chönne begryfe, warum Vatter u Mueter so bös sy mit ihm. Es het ihn's ddüecht, er heigi eigetlech ganz es liebs Gsicht. Nume d Ouge hei unerchannt truurig useguegt, so dass es schier Beduure mit däm Maa het übercho. Am liebschte wär es grad i d Chuchi yne u hätt däm öppis Fründlechs gseit. Aber das het es sech nid trouet.

Der Vatter het wider losgla:

«Dänk wou bisch du ds schwarze Schaf! U de nid nume das. E Schang für üsereins bisch! En nüütnutzige Bitz Mönsch. E liederleche Kärli u derzue no arbeitsschüüch! Mit eim Wort: e Vagant!»

Bi dene Wort isch dä Maa wüescht zämegfahre:

«Das hingäge hättisch jitz nid söue säge! Das vergissen i der nie! – I weiss, es trybt mi geng wider furt, i d Frömdi. Aber i cha nüüt derfür. Es steckt eifach i mer inne. Aber derwäge bin i no niemerem zur Lascht gfalle. Ömu dir scho gar nid! I bi dahäre cho, wil es mi wider einisch i di Stadt zoge het, won i ufgwachse bi. Aber si isch mer frömd worde, di Stadt, u o di einzigi Verwandti, won i ha, my Schwöschter, wott nüüt meh vo mer wüsse. O du bisch mer frömd worde! U glych han i gmeint, für ne Nacht oder zmingscht zum Ässe chönne z blybe, vilecht wider einisch d Bei unger ne Familietisch chönne z strecke. Weder es söu nid sy!»

«Jitz hör ändlech uuf mit dym Gchlöön. Es chotzet mi langsam aa!» het der Vatter hässig gseit. «Meinsch, du chönnisch üüs uf d Tränedrüese drücke mit dym Gjammer? Nei, dadruuf gheie mir nümmen yne. I säge der's no einisch dütsch u dütlech: Hie hesch du nüüt meh verlore! U la di hie nie meh la gseh, süsch chönnt i de ugmüetlech wärde! – U jitz pfääi di, i wett ändlech chönnen ässe. Weder solang du da steisch, verschlaat es mer der Appetit!»

Der Maa isch bi dene Wort bleich worde. Er het der Aate gääi zoge u du verbisse gseit:

«U du, Hermine, bisch du der glyche Meinig?»

Die het verächtlech umeggä:

«Natürlech – oder hesch öppe gmeint, i syg no stolz uf di? I cha nume ds Glyche säge wo der Vatter: Pfääi di u la di nie meh la gseh!»

Der Maa het sech bbückt, sys Pünteli, won er näbe sech am Bode het gha, ufgno u mit emne länge Blick i der Chuchi ume gseit:

«Wi der meinet. Mi gheit me numen einisch use. Heit nid Chummer – i chume scho nümme dahäre! Es früürt eim ja scho, we men euch numen aaluegt.» Dermit isch er gäge d Chuchitüre zue.

Ds Lineli het gseh, dass es sött verschwinde. Tifig isch es i sy Stube u het d Türe zuegmacht. Aber nid ganz. Mit eim Oug het es usegschilet u dä Maa gseh usetrappe. Er het d Wonigstüre hinger sech zuezogen u isch mit schwäre Tritte langsam d Stägen ab.

En Ougeblick isch ds Meitschi no dagstange. Wider het es unghüür Beduure gha mit däm Maa. Zmingscht öppis z äs20se hätte si ihm doch chönne gä! Ungereinisch isch ihm öppis i Sinn cho. Es het di oberschti Schublade vom Gumödeli ufgrissen un es Truckli usegno. Dert drinne het es sys Wucheplatzgäld gha. Es het es Füfzgi usegchnüblet, isch nachhär wider use u süüferli zur Wonigstür uus. Im Stägehuus isch niemer meh gsi. Es isch abetrabet, vor ds Huus use u het d Louben uuf gluegt. Es paar Hüser wyter obe het es dä Maa gseh loufe. Es isch ihm nachetrabet, het nen am Ermu zoge, u wo dä erstuunet umegluegt het, schier chly verdatteret gseit:

«Eh – Dir syt doch vori no grad bi Zbindes obe gsi…?»

Der Maa isch blybe stah, het ihn's läng vo obe bis unger aagluegt u du nid grad bsungers fründlech gmeint:

«… ja – warum – u was geit das di aa? Wär bisch du überhoupt?»

«I bi ds Lineli Zbinden un i ha…»

«So», isch ihm der anger über ds Muu gfahre, «het di der Vatter gschickt? Isch er sech öppe reuig worde, he? Aber du chasch ihm usrichte, i wöu nüüt meh wüsse. Si heige sech dütlech gnue usddrückt!»

Dermit isch er wytergloffen u het ds Meitschi la stah. Das isch en Ougeblick chly verdatteret gsi, aber nachhär isch es ihm nachegsprunge:

«Nei, es het mi niemer gschickt. I ha nume ghöört, wi si mit Euch wüescht ta hei – u da heit Dir mi eifach dduuret. Dir hättet doch ganz guet bi üüs chönnen ässe! Dir heit sicher Hunger. U drum han i ddänkt – lueget, da heit Dir chly Gäld. Dermit chöit Dir öppis z ässe choufe. Es isch ja nid viil, aber...»

Es het ihm das Füfzgi i d Hang ddrückt. Er het zersch das Gäld u nachhär ds Meitschi läng aagluegt. U das het es uf einisch ddüecht, däm Maa syner Ouge syge nümme ganz so truurig wi vori, aber fasch chly füecht. Oder trumpiert es sech?

Ändlech het dä das Füfzgi i Chuttesack gsteckt. Nach emne tiefe Schnuuf het er gfragt:

«Wi hesch gseit, dass du heissisch?»

«Lineli Zbinde – u wär syt Dir?»

«So, Lineli? E schöne Name. U wär i syg? Es wär vilecht gschyder, du wüsstisch das nid. Vatter u Mueter hätte chuum Freud dranne. Weder, warum söttisch es eigetlech nid dörfe wüsse? I bi der Brueder vo dyr Mueter, der Köbu. Jakob Scheidegger, dy Unggle. Nume vergissisch das am gschydschte grad wider.» Er het ds Meitschi ärnscht aagluegt. «Du schynsch nid ganz der glyche Meinig z sy wi Vatter u Mueter, süsch wärsch mer gwüss nid nachegloffe. Du gloubsch also nid, i syg e – Vagant?»

Ds Lineli het ärschtig der Chopf gschüttlet:

«Nei, da derfür heit Dir viil z liebi Ouge. I gloube, Dir syt sicher ganz e – Liebe...»

Es het e zündrote Chopf übercho. Der Scheidegger het ihn's mit grossen Ougen aagluegt. Me het's guet gseh, win es in ihm inne wärchet. Ugsinnet het er em Meitschi sy Hang gno:

«Lineli, was du da grad gseit hesch – das het mer no nie öpper gseit! I weiss nid, ob mir enanger no einisch gseh. I gloube's nid. Aber i cha dir eis säge: Was du mir hüt ta hesch, das vergissen i dir nie! Mir Läbtig nid! Un i weiss nid, ob i's cha halte, aber i verspriche der's glych: I wott dir das einisch vergälte – we müglech hundert- oder tuusigfach! Was du mir hüt ggä hesch…» Er het läär gschlückt. «U jitz bhüet di Gott, Meitschi!»

Er het sech umddrääit u isch, ohni no einisch umezluege, mit länge Schritte dervogloffe. Ds Lineli het ihm nachegluegt, bis er oben a der Gass verschwunden isch. Nachhär isch es tifig gäge heizue trabet. I der Wonig obe isch es i d Chuchi yne, wi wen es grad vo der Schuel cho wär. D Mueter het läng gluegt:

«Du chunnsch nöime wider unerchannt spät. Hesch dänk wider gschlarpet uf em Heiwäg!»

Vo däm Maa un em Gstürm mit ihm isch nüüt meh gredt worde. Aber wäret em ganzen Ässe het ds Lineli geng müesse dänke, dass dä doch ganz guet hie hätti chönnen ässe. Es het eifach nid chönne begryfe, warum me ne fasch wi ne Hung furtgjagt het. Es het ihn's unerchannt ggluschtet, dernah z fragen u chly öppis über dä Maa z ghöre. Aber es het sech nid trouet. Mueter u Vatter wäre wahrschynlech toube worde, we si wüsste, dass äs hinger der Tür glost u schier jedes böse Wort ghöört het. Hoffentlech cha sech dä für das Füfzgi öppis choufe. Aber was söu er de Znacht ässe, wen er keis Gäld meh het? U wo söu er schlafe? Wen es ihm nume chönnt hälfe! Aber es het nid gwüsst, wie.

«Jitz iss ändlech u gaff nid so gottvergässen i d Wält use!» het ihn's d Mueter us syne Gedanken ufgchlüpft.

Es het wyter ggässe. Aber der Spinet het ihn's ungereinisch nümme guet ddüecht.

Das isch es öppe gsi, wo d Frou Mosimaa het gwüsst z brichte. Wo si gschwige het, isch es e Zytlang still bbliben im Büro vom Gmeinsschryber. Ersch nach emne Chehrli het dä mit emne tiefe Schnuuf gmeint:
 «Ja, es git Sache, es düecht eim, di dörfte gar nid gscheh. – Aber i gloube, dä Maa het sys Verspräche ghalte, won er Euch denn ggä het – wäge däm syt Dir nämlech hie!»
 «Wäge däm Verspräche? Warum?» D Frou Mosimaa het ne läng aagluegt.
 «Ja, das isch äben o so ne Gschicht», het der Gmeinsschryber bedächtig gseit, «un es isch jitz a mir, die z verzelle. Es isch eigetlech d Fortsetzig vo däm, wo Dir verzellt heit. I ha sen ersch vor paarne Jahr verno, wo dä Jakob Scheidegger einisch dahäre i sy Heimetgmein cho isch. Er isch sys Teschtamänt cho hingerlege. Derby het eis Wort ds angere ggä, mir sy i ds Brichte cho, u da derby han i mängs us sym Läbe verno. Won er z Frankrych inne gstorben isch, het me sy Lychnam, wi nes sy Wunsch isch gsi, hie häre überfüert. Er het das denn bi sym Bsuech hie schriftlech feschtgleit gha u üüs o ermächtiget, sys Teschtamänt z eröffne u dernah z handle. Das hei mir gmacht. Jitz, won i Eui Gschicht ghöört ha, Frou Mosimaa, isch mer klar worde, vo was dä Scheidegger i sym Teschtamänt redt. I gloube, Dir syt mit mer yverstange, wen i vor em Verläse vo däm Teschtamänt no churz brichte, was i vo däm Scheidegger weiss. Me versteit de nachhär mängs besser.»

Nei, Mosimaas hei nüüt derwider gha, chly öppis vo däm unbekannten Unggle z vernäh. Bsungers d Frou Mosimaa het es unerchannt wunger gno, was mit däm Jakob gscheh isch, won er nach der einzige Begägnig furtggangen isch. Der Gmeinsschryber het no einisch churz i syne Gschrift gnuuschet u du vo däm Maa aafa verzellc:

«Also, dä Jakob Scheidegger isch mit Schyn nach däm wüeschte Zämestoss mit Eune Eltere am nächschte Tag wider vo Bärn furt, Richtig Frankrych. Dert het er sech mit däm Fründ, won er dervo gredt het gha, im Burgundische, i der Gäged vo Mâcon, gsädlet. Di zwee hei bim ne Wyhändler gwärchet u das Gwärb offebar gründlech glehrt. Im Vierzähni sy di beiden i d Schwyz zrüggcho u hei ihre Militärdienscht gleischtet. Em Scheidegger sy Fründ isch du Änds Chrieg a der Grippe gstorbe. So isch Scheidegger elei nach Frankrych zrügg. Nach paarne Jahr het er sech sälbständig gmacht u het's mit Flyss u ehrlecher Arbeit zu Aasehen u Woustand bbracht. Dä arbeitsschüüch Mönsch, dä Vagant, wi Eue Vatter gseit het! Wi me sech doch cha trumpiere!

Vor öppe füf Jahr isch er ungereinisch hie uftoucht. Er heigi eigetlech niemer meh uf der Wält, het er mer gseit, un er syg di meischti Zyt i däm Frankrych deheime gsi. U glych möcht er de einisch, wen er gstorbe syg, nid i frömdem Bode lige. Nei, er wett hie i syr Heimatgmein beärdiget wärde. Drum het er o sys Teschtamänt hie bi üüs glaa. Won ig ihm gseit ha, das sött er eigetlech a sym Wohnort hingerlege, dass de die dert einisch wüssi, was si z tüe heige, het er mer zur

Antwort ggä, da derfür heig är scho gsorget. Er heigi z Mâcon bi sym Notar di nötigen Aawysige ggä, was z gscheh heigi, wen är einisch d Ouge zuetüei. U i sym Teschtamänt syg o ds Finanzielle wäge syr Überfüerig dahäre u wäge de Chöschte, wo d Behörde z Frankrych u sy Heimatgmein hie i däm Zämehang sötte ha, bis i ds letschte Detail greglet. Si bruuchi nid Chummer z ha, wen är stärbi, so hingerlööi är e subere Tisch. Aber jitz gangi är wider nach Frankrych zrügg. Dert heig er syner Fründen u Bekannte, u dert wöu är sy Läbesaabe verbringe. Mit Lüt, wo ihn verstangi u ne o achti!»

Jitz het d Frou Mosimaa öppis wöue wüsse:

«Aber warum het er grad hie z Sumiswald wöue beärdiget wärde? Warum nid z Bärn, won er doch sy Juget verläbt het?»

«Das han i ne o gfragt», het der Gmeinsschryber gmeint, «u sy Antwort isch dütlech gsi. Er heig nume grad di erschte zwöi Jahr hie z Sumiswald gläbt, nachhär syge syner Eltere uf Bärn yne zoge u dert syg du o sy Schwöschter gebore. Aber er heigi so schlächti Erinnerige a di Zyt z Bärn, dass er o nid dert im Bode wett lige. – Vor emne halbe Jahr isch er i däm Mâcon inne gstorbe. U nach sym Wunsch het er du hie uf üsem Fridhof sy letschti Rue gfunge. Mir hei ds Teschtamänt eröffnet, u was drinne steit, söuet Dir jitz vernäh.»

Der Gmeinsschryber het es Schrybe gno, d Brüllen uf der Nase zwägddrückt u aagfange:

«D Yleitig chan i wäglaa. Es sy di Formulierige, won es so im ne Dokumänt äbe bruucht. Der Räschten isch no läng gnue, un i lisen Euch afen einisch ds Wichtigschte, das wo Euch betrifft. Aber es paar angeri

Sache wett i glych nid ussela. – Der Scheidegger het's zimli gründlech gno u isch derby mit gwüsse Lüt ordeli i ds Gricht ggange. Also:

‹Meine Schwester Hermine und ihr Mann haben mich kaum je anerkannt. Für sie war ich das schwarze Schaf der Familie, nach den letzten Worten meines Schwagers ein Vagant.›»

Won er se zletschtmal gseh heig, syg er uf ne Art u Wys us em Huus gjagt worde, won er nie vergässe heig.

«I weiss ja jitz us Euem Bricht, wi das denn ggange isch», het der Gmeinsschryber da derzue gseit, «u jitz begryfen i dä Scheidegger meh weder nume guet. Aber loset wyter:

‹Hingegen gibt es einen Menschen, dem ich zu tiefster Dankbarkeit verpflichtet bin. Es ist der einzige mir verwandte Mensch, der mir etwas Gutes getan hat, und das in einem Augenblick, da ich den Glauben an die Menschen zu verlieren glaubte. Dass dieser gute Mensch damals noch ein Kind war, macht sein Verhalten umso wertvoller!›»

Das Ching syg ds Töchterli vo syr Schwöschter gsi. Es heissi Lineli Zbinde, u dä Name heig er wi nes Heiligtum i sym Gedächtnis bhalte. Es syg denn – 1908 – öppe acht- oder zähjährig gsi, mit blonde Zöpf u blauen Ouge. Er gseei's geng no vor sech! U das Gfüel, won er denn gha heig, wo ihm das Lineli es Füfzgi i d Hang ddrückt heig – emne Vagant, wo grad zum Huus us gjagt worde syg, das heig er o nie vergässe.

«Und eines weiss ich noch ganz genau, denn es war mir damals heiliger Ernst damit, auch wenn ich nicht wusste, ob ich es je halten könnte: Ich habe dem

Mädchen das Versprechen gegeben, ich wolle ihm seine Tat wenn möglich hundert- oder tausendfach vergelten!»

Ds Schicksal heig's du zletschtamänd doch no guet gmeint mit ihm, het der Scheidegger gschribe, un är syg dür Flyss u Glück zu Woustand cho. U drum chönn är jitz das Verspräche vo denn ylöse u di gueti Tat vergälte.

«Daher meine letztwillige Verfügung: Dieses herzensgute Mädchen von damals, dieses Lineli Zbinden, setze ich als alleinige Erbin all meiner irdischen Habe ein. Da ich keine weitern Verwandten habe und ich meine Schwester und ihren Mann, falls sie noch unter den Lebenden weilen sollten, wegen ihres schmählichen Verhaltens mir gegenüber von jedem Erbanspruch ausschliesse, steht der Erfüllung dieses meines letzten Willens nichts im Wege.»

Im letschte Teil vo sym Teschtamänt het Scheidegger d Gmeinsbehörde vo Sumiswald bbätte, das Meitschi vo denn, es syg ja längschtens erwachse u vilecht o ghürate, z suechen u nid lugg z laa, bis es gfunge syg. Chöschte spili da derby kei Roue, Gäld heig är zletschtamänd gnue un es chömi derwäge niemer z churz! Abgschlosse het er sys Teschtamänt mit de Wort:

«Mit dem hier festgelegten Vermächtnis an Lineli Zbinden glaube ich mein vor vielen Jahren abgegebenes Versprechen eingelöst zu haben. Möge das ihm anvertraute Gut ihm und seinen Angehörigen zum Segen gereichen!»

Wo der Gmeinsschryber mit em Vorläse fertig isch gsi, isch es i der Stuben e Zytlang still bblibe. D Frou Mosimaa u ihre Maa sy daghocket u hei chuum chönne begryfe, was si da ghöört hei gha. Uf ihrne Gsichter isch es uglöibigs Stuune gläge, u uf einisch isch der Frou Mosimaa ds Ougewasser cho. Verläge het si der Naselumpe füregno u isch dermit über d Ouge gfahre. Derzue het si nume gchüschelet:

«Dä guet Maa! Dä arm, guet Unggle Köbi! – Wär hätt o so öppis ddänkt. Nei, i cha's fasch nid gloube!»

Ihrem Maa isch es glych ggange:

«Es isch wi nes Wunder! – U so öppis i der hütige Zyt…»

Jitz het sech der Gmeinsschryber wider la ghööre:

«Dir redet jitz vom ne Wunder, u für Euch isch es o so öppis. Aber es isch doch o der spät Lohn für ne gueti Tat, wo denn nid us Berächnig gmacht worden isch, nei, us Mitleid u Erbarme. – Weder jitz sötte mer ändlech no vo däm rede, wo Euch zguet chunnt.»

Er het aafa ufzelle, was dä Scheidegger no teschtiert het. U dä Maa het würklech a alles ddänkt. Näbem Lineli het o sy Heimatgmein öppis übercho, de sy zwöi oder drü Legat für woutätegi Zwäcke bestimmt gsi, u o d Chöschte für d Pfleg vom Grab für di nächschte füfezwänzg Jahr sy abgrächnet gsi. Wäg emne Grabstei het er sy eigeti Aasicht gha: Er wöu keine. Me bruuchi ihm kei Steiblock uf d Bruscht z stelle un är wöu o keis polochtigs Monumänt. Es ganz eifachs Holzchrüz mit em Name, Geburts- u Todesjahr – süsch nüüt!

Zum Schluss het der Gmeinsschryber Mosimaas du gseit, was zletschtamänd unger em Strich für seie blybi. U das het di beide fasch vo de Stüel gheit. Es isch es Sümmeli gsi, wo si sech nie hätte la troume. Gwüss, si sy derwäge nid grad rych worde, ömu nid so, was me süsch öppe dadrunger versteit. Weder einewääg. Si hei doch nie dra ddänkt, einisch söveli Gäld z ha, Gäld, wo ne im Ougeblick us de gröbschte Schwirigkeite use hilft u o für d Zuekunft chly Sicherheit bedütet.

Es isch ordeli lang ggange, bis di beide wider chly zue sech sälber cho sy u Boden unger de Füess gspürt hei. Weder so öppis cha eim scho schier trümlig mache, ömu we me o nid im Troum a ne settegi Überraschig ddänkt het.

Der Räschte isch gly über Ort gsi. Der Gmeinsschryber het ne no di nötigen Ungerlage, Dokumänt u derzue di entsprächende Kunzyne ggä. D Frou Mosimaa het fasch chly Hemmige gha:

«I scheniere mi weiss Gott schier, das Gäld eifach so z näh...»

«Dir bruuchet keiner Hemmige z ha. Das ghöört alles rächtmässig Euch. Dä, won es ihm vorhär ghöört het, het's so wöue ha – un er het o gwüsst, warum! Jitz, won i di ganzi Gschicht weiss, chan i nume säge: Dir heit's verdienet. Un i cha Euch säge, dass es für mi wider einisch e gfreuti Erbschaftsgschicht isch. Eini ohni Nyd u Missgunscht.»

Mosimaa het ne läng aagluegt:

«Ja, git es das de o?»

«Äbe leider. Dir gloubet gar nid, was me da mängisch Ugfreuts mues erläbe.»

«Was Dir nid säget. I ha geng gmeint, Erbe syg e gfreuti Sach.»

Der Gmeinsschryber het der Chopf gschüttlet:

«Dir heit kei Ahnig, wi das mängisch geit. Was das Erbe scho für Stryt u Zangg ggä het! U wäge was? Da chönne sech Lüt i d Haar grate wägen emne Halbdotze Lyntüecher, es paar Wygleser oder ere Hampfele silberige Löfflen u Gable. U füraa sy settig Lüt, wo so verböischtig chönne tue, nid öppe Ermeri, nei, es sy hablechi Burelüt mit grosse Heimet, settegi, wo d Frouen u Töchtere a de Sunntigstrachte sächs- oder achtfachi Göllerchötteli trage, oder rychi Vehhändler u Chouflüt. – Ja, bim Erbe lehrt me d Lüt zgrächtem kenne!»

Er isch ufgstange, hinger sym Schrybtisch füre cho u het gseit:

«De chan ig Euch jitz etlaa. I ha my Pflicht erfüllt, un i wünschen Euch alles Guete! U vor allem – blybet, wi Dir syt. Weder i gloube chuum, dass sech das Lineli vo früecher so veränderet het, dass es sech jitz uf ds höche Ross setzt! – Nüüt für uguet, i wett Euch nid öppe predige, es isch mer eifach so usegrütscht!»

«Da bbruuchet Dir Euch nüüt z entschuldige», het der Mosimaa ärnscht umeggä. «Lueget, Herr Gmeinsschryber, my Frou un ig chömen us eifache Verhältnis u mir wüsse, was Gäld wärt isch. U mir sy scho z lang a ds Wärche gwanet, für jitz ungereinisch di noble Herrschafte wöue z spile. U mir sötte ja o dra dänke, dass üüs das Gäld schier uverdienet i Schoss gheit isch – ja, i weiss scho, dass Dir weit säge, my Frou heig das verdienet, un es isch ja o chly so. Aber einewääg. Es isch es Gschänk vom Himu, u da sötte mer rächt umgah dermit. Meinsch nid o, Lini?»

«Wou, i bi o der Meinig. Mir wei Sorg derzue ha u geng dra dänke, dass der Köbi es halbs Läbe bbruucht het, für das zämezbringe. Es wär e Gmeinheit vo üüs, we mir das Gäld jitz würde verholeie, u mir müessten i's vor ihm ja schäme!»

Ds alte Zyt a der Wang vo der Gmeinsschryberei het zwölfi gschlage. Mosimaa het erstuunet gmeint:

«Di Zyt isch jitz ömu o unerchannt umeggange. Scho Mittag. De chönnte mer eigetlech vor em Heifahre no öppis ga ässe. Chönnet Dir üs e Wirtschaft empfäle?»

«Es isch eigetlech jedi rächt. I wett da nid für di einti oder angeri Reklame mache. – De läbet wou u bhüet Euch Gott!»

«Uf Widerluege, Herr Gärber – u no einisch vile Dank für Eui Müei!»

Dermit sy di beide zur Gmeinsschryberei uus. Fasch chly mit sturme Chöpf.

Uf der Heifahrt hei Mosimaas chuum öppis gredt. Es isch jedem unerchannt viil dür e Chopf ggange, u das het zersch müesse verwärchet sy. Ersch deheime, bim Znacht, hei si du über dises u äis bbrichtet. U da het du Mosimaa gfunge, ds erschten u wichtigschte düechi ihn jitz, dass si afen einisch gangi ga kure. Grad morn söu si zum Dokter u di Sach i d Wäge leite.

Sy Frou het zwar zersch gmeint, das pressieri doch nid so, aber er het nid lugg gla. E Zytlang hei si wider gschwige. Aber ugsinnet het d Frou Mosimaa der Chopf gschüttlet, ihre Maa läng aagluegt u du zimli vorwurfsvou gseit:

«Mir zwöi sy ja scho gedankelosi, glychgültegi Tröpf! Da het üüs dä Köbi sövu Guets ta u mir hei nid esmal dra ddänkt, uf sys Grab z gah! Derby ligt er doch z Sumiswald uf em Fridhof. U mir vergässe das eifach! I schäme mi schier!»

«Du hesch mytüüri rächt», het ihre Maa duuchen umeggä, «aber jitz isch es z spät...»

«Nei, es isch nid z spät. Es mues ja nid hüt u morn sy. Aber am nächschte Sunntig isch Bättag. Da gange mir uf Sumiswald z Predig. U bevor mir i d Chirche göh, mache mer e Bsuech uf em Fridhof u legen öppis uf ds Grab. Köbi het da zwar nüüt dervo, aber mir zeige doch dermit, dass mer ne nid vergässe hei. Un i gloube, es sött is keis Müesse sy, nachhär vilecht jede zwöite Monet einisch sys Grab ga z bsueche!»

Mosimaa het dä Gedanke vo syr Frou meh weder nume guet gfunge. Es isch ihm ja sälber o nid rächt gsi, dass si das Grab vo däm Jakob Scheidegger eifach vergässe hei.

Am Bättag sy Mosimaas scho früech am Morge uf e Bahnhof u gäge Sumiswald gfahre. Dert hei si sech uf e Wäg zu der Chirche gmacht. Wo si aber bi dere sy gsi, hei si nienen e Fridhof gseh. Si hei müesse nachefrage u du verno, dass dä chly wyter änenusse vom Dorf syg. Dert hei si du das Grab no gly einisch gfunge. Es isch bi de neuere Greber gsi. Köbi isch ja ersch vor emne halbe Jahr beärdiget worde.

Es isch numen es eifachs Holzchrüz gsi. So wi sech Köbi das gwünscht het gha. Dernäbe het es nid grad viil uf däm Grab gha. D Frou Mosimaa isch abeggruppt, het mit emne chlyne Schüfeli vor em Chrüz zuechen es Loch ggraben u das Ymachglas, wo der Maa am Brunne mit Wasser gfüllt het gha, drygstellt. Drufabe het si di Blueme, wo si mitbbracht het, dert drinne zum ne prächtige Buggee zwägtischelet. U jitz het das Grab, wo vorhär chuum ufgfallen isch, ungereinisch us den angere Greber useglüüchtet. O wen es uf dene näb de Blueme o no Chränz het gha, het es Mosimaas ddüecht, em Köbi sys syg ds schönschte zäntume.

Di zwöi sy dagstangen u hei aadächtig uf das Chrüz gluegt. «Jakob Scheidegger.» U zwo Jahrzahle. Der Frou Mosimaa, nei, em Lineli Zbinde isch no einisch d Erinnerig cho a di einzegi Begägnig, won es mit däm Maa het gha, däm Maa, wo ihm denn es Verspräche ggä het, won es chuum rächt verstangen u drum o gly wider vergässe het gha.

E grossi Dankbarkeit isch über d Frou Mosimaa cho, aber glychzytig o nes Beduure mit däm Maa, wo vo syne Verwandte, vo syr eigete Schwöschter, verachtet u zum Huus us gheit worden isch, wo vilecht syr Läbtig lang elei gsi isch, syr Heimet u der Stadt, won er ufgwachsen isch, der Rügge gchehrt u sys Brot i der Frömdi verdienet het. U glych het es ne zletscht wider zrüggzoge, derthäre, won er geboren isch. O wen es numen isch gsi, für da uf em Fridhof z lige. U vilecht o chly i der Neechi vo däm Mönsch z sy, wo einisch es Härz für ne het gha!

Vo der Chirche här het ds Predigylüte über ds Dorf y tönt. Das Glüt isch der Frou Mosimaa wi no chuum einisch a ds Härz ggange, si het Ougewasser übercho u ordeli müessen uf d Zäng bysse, für nid aafa z briegge. Verläge het si nach der Hang vo ihrem Maa griffe u die fescht ddrückt. Dä het se vo der Syten aagluegt u nachhär dä Druck umeggä. Er het sech chönne dänke, was si hie vor däm Grab gspürt. Un er het se guet begriffe. O ihm isch es ordeli naach ggange.

Nach emne Wyli het er sy Frou fyn gmahnet:

«Chumm, mir sötte gah, süsch chöme mer amänd no z spät i d Predig!»

Si het ne us nassen Ougen aagluegt, sech no einisch bbückt u chly verläge es paar Blueme zwägtischelet, süüferli, fasch wi we si der Köbi würdi strychle. Nachhär sy si zäme gäge d Chirche füre gloffe.

Der Batzechlemmer

Dass Tschumi wäg em Gäld syner eigete Aasichte gha het, isch nid ganz vo nüüt cho. Als Bueb het er synerzyt chuum öppis z lache gha. Si hei deheime hert düre müesse. Afen einisch het der Vatter als Handlanger härzlech weeni verdienet, u de isch er o no geng chly i de Wirtschaften ebhanget. So het sy Frou müesse luege, dass si mit däm Räschteli Gäld, wo da no fürig bbliben isch, het möge bcho. U dert het es bi ihre bös ghaperet. Si het nämlech mit em Gäld nid chönnen umgah u mängisch Sache gchouft, wo nid grad nötig wäre gsi. Aber es het ere's weiss Gott niemer chönnen übu näh, dass si o öppen einisch chly öppis für sich het wöue, vilecht e neue Rock oder es Paar Schue. U de isch mängisch äbe chuum meh gnue für d Hushaltig da gsi. U wäge däm het es de öppen einisch Chritz ggä. Er het ere de fürgha, si chönni nid hushalten u gheiji ds Gäld für unnützes Züüg zum Fänschter uus. Si isch de da natürlech o nid uf ds Muu ghocket u het ihm umeggä, är heig ihre da chuum öppis fürzha, är, wo geng e ghörige Bitz vom Lohn i de Beize löi la lige. Dass si beidi im Fähler sy gsi, het natürlech keis ygseh.

Ihre Bueb, der Osgi, het da drunger schwär glitte. Aber es isch nid nume der schwarz Ggaffee u ds trochene Brot gsi, wo mängisch am Morgen u Aaben uf em Tisch si gsi, we d Mueter wäge de Schulde bim Milchmaa kei Milch u Anke übercho het. O dass er i verblätzete Hosen u ustschirggete Schue het müessen umeloufe, het ne nid bsungers gstöört. Was ne viil herter preicht het: dass er nie öppis für sich het gha, vilecht einisch es Zähni für Caramel oder es Zwänzgi, für a der Metzgergass-Chilbi oder am Zibelemärit öppis z gänggele. Nie o numen es Füfi Sackgäld – das het ihm unerchannt weh ta.

Ändere het er a der Sach nüüt chönne, aber eis het er sech scho früech gschwore: Er wöu derfür sorge, dass är de einisch Gäld heigi. Gäld, wo nume sys syg, won är sech dranne chönn freue. U wen er einisch sött hürate, de söu sy Frou vo jedem Füfi müesse säge, für was si's usggä heig. Nei, so wi bi Vatter u Mueter söu es einisch bi ihm nid gah. Da wott er de der Mähre scho zum Oug luege!

Nume, we me Gäld wott ha, mues me das füraa zersch verdiene. Das het ou Osgi no gly einisch ygseh. Aber wi söu e zähjährige Bueb öppis verdiene? Grad mängi Müglechkeit het es da nid ggä. Rossmischtele? Chuum. Er wüsst nöie niemer, wo ihm di Rossbouele würdi abchoufe. Nei, mit däm isch kei Gäld z verdiene gsi. Aber vilecht als Uslöifer, im ne Wucheplatz. U da het du Osgi grad chly Gfehl gha. Er het bim ne Chrämer chönne uslöifere. Dä het zwar mit em Lohn unerchannt gschmürzelet u drum geng Müei gha, e Wucheplatzbueb z finge. Weder Osgi het sech gseit, gschyder numen es chlyses Löhnli als gar nüüt, u mängisch weeni gäbi zletschtamänd o nes grössers Hüüfeli!

Aber es isch du glych nid so ggange, win er gmeint het. Won er am erschte freie Mittwuchnamittag syr Mueter gseit het, er gangi i Wucheplatz, het die zwar

51

nüüt wyters gseit, aber nach vierzäh Tag het si ihm das verdienete Gäld ghöischen un ihm numen es paar schäbegi Batze gla. Osgi isch fasch verworgget vor Töibi, aber was het er wöue mache? Für ihn het es jitz nume no eis ggä: spare – ysig spare! U vo jitz aa het Osgi Füfi für Füfi u Zähni für Zähni uf d Syte gleit. Das Gäld het er im ne Sigarechischtli, won er bim Chrämer gfunge het, zhingerscht hinger unger sym Bett versteckt. Dert fingt's d Mueter sicher nid!

Wen es nach Osgis Eltere ggange wär, so hätt der Bueb nach der Schuel grad i ne Fabrigg müesse ga schaffe. Eigetlech hätti dä nüüt gäge ds Gäldverdiene gha, aber er het ja gwüsst, wi weeni so ne Handlanger verdienet. Für rächt z verdiene mues men e Bruef ha, u drum het er öppis von ere Mechanikerlehr gredt. U da het er du Schützehilf vo sym Lehrer übercho. Dä het den alte Tschumis chönne begryflech mache, der Bueb söu afen einisch es Jahr i ds Wältsche. E zwöiti Sprach syg nume vo Vorteil. Bis im nächschte Früelig lueg er de für ne Lehrstell. Zletschtamänd hei du Tschumis nahggä.

So isch du Osgi churz druuf i ds Waadtland verreiset. Zum ne Milchhändler, won er als Uslöifer het söue wärche. I sym Reisegöferli isch nid bsungers viil gsi. Chly Lybwösch un es Paar breeveri Hose. U de no ds Sigarechischtli.

Es isch es längs Jahr gsi i däm Wältschen inne. Ds Milchustrage scho am früeche Morge isch e herti Sach gsi, wytlöifig u meh numen obsi u nidsi. We nid der Lohn ordeli meh wär gsi weder sys Wucheplatzlöhnli, so hätt er's chuum ds ganze Jahr usghalte. Sich sälber het er chuum öppis ggönnt u nume gchouft, was unbedingt isch nötig gsi. Vergnüege het er keini gchennt. Wou – eis einzigs: sys Gäld im Sigarechischtli z zelle, d Zwänzgernötli glatt z stryche u z tischele. De isch es i Osgis Härz inne warm worde, syner Ouge hei glüüchtet un es het ne ddüecht, wou, jitz syg er langsam öpper!

Der Lehrer het sys Verspräche ghalte: Im Spätherbscht het sech Osgi in ere grössere Fabrigg z Bärn chönne ga vorstelle. Un im Früelig druuf isch er dert aaträte. Als Mechanikerstift.

Er het di Lehr guet abgschlosse u churz druuf no d Regruteschuel gmacht. U nachhär het er ändlech zgrächtem chönne aafa Gäld verdiene. Won er nach vierzäh Tag sy erscht richtig Zahltag i de Häng het gha, da het er der Chifu ordeli gstellt. Un am Aabe, wo Vatter u Mueter scho gschlafe hei un er elei i der Stuben isch gsi, het er sys Sigarechischtli wider einisch chönne fürenäh. U mit emne eigelige Gfüel i der Bruscht het er sys Gäld aagluegt. Aber hüt sy nes nid nume Zwänzgernötli gsi wi synerzyt im Wältsche – es het o nes Hunderter- u nes Füfzgernötli derby gha. Hübscheli het er se uf em Tisch glattgstriche, bim einte mit em Duumenagu en umeglitzten Egge gstreckt u di Nötli nachhär süüferli i ds Chischtli tischelet. Derzue isch no ds Münz cho. U da het er lang gwärweiset, was er söu i Sack näh. Zletschtamänd het es ne ddüecht, e Füfliber sötti's eigetlech tue. Zviil Gäld im Sack isch o nid guet! Weder da isch ihm i Sinn cho, dass er dänk de der Mueter no öppis Choschtgäld sött gä. Aber vorlöifig wott er nüüt derglyche tue. Di wird sech ja de derwäge scho mälde. U de isch es de no geng früe gnue, drüber z rede.

Osgi het no einisch mit glänzigen Ouge sys Gäld aagstuunet, nachhär der Dechu zuegmacht u das Chischtli wider versorget. Geng no am glychen Ort wi früecher: zhingerscht unger sym Bett.

Er het zwar jitz ändlech öppis verdienet, aber grad hööch isch sy Stungelohn nid gsi. Für rych z wärde het er ömu nid glängt. Drum het er sech chly umta u sech i ne Abteilig la versetze, won er im Akkord het chönne schaffe. Di Arbeit dert isch zwar unerchannt eitönig gsi, aber das het ihn nid gstört. Wen er ghörig yneglägen isch, het er en ordeli höcheren Akkordlohn gha als sy früecherig Stungelohn. Er het äbe nid nume Apparateteili oder Zahnredli gseh, won er dranne geng ds Glyche het müesse mache. Nei, was er da haschtig dür syner Häng het la gah, isch für ihn bars Gäld gsi! U won er im nächschte Zahltagstäschli es ghörigs Schübeli meh drinne het gah, da isch er der glücklechscht Mönsch gsi. Wou, jitz geit es obsi!

Aber o we sy Verdienscht nahdisnah rächt schön isch gsi, gläbt het Osgi einewääg schmürzelig u hingerhäbig, dass nüüt eso. Deheime het er es Choschtgäld abggä, eigetlech hät er sech fasch müesse schäme. Aber er het der Mueter geng vorgjammeret, wi chly sy Lohn syg, drum chönn är weiss Gott nid meh zale. So het sech die nid derfür gha, meh z höische u sech mit däm Räschteli wou oder übu zfride ggä.

Em Osgi sys Gäld het gmehret, un er isch no gly einisch rätig worde, er sött das eigetlech nümme nume i däm Sigarechischtli goume. Dert isch es zwar o am Schärme, aber uf ere Bank würd es doch no Zins bringe. Drum het er's churzum uf nes Bankbüechli ta. O wen es ihm im Ougeblick chly weh ta het, nümme sys Chischtli chönnen ufztue u a däm Bygeli Banknötli wouzläbe. Aber derfür het er jitz ja es Bankbüechli gha, u dert het er nach jedem Zahltag drinne bbletteret, di Zahle gchüschtet u derby fasch es chrybeligs Gfüel gspürt.

Nach paarne Jahr het es i Tschumis Läben en Änderig ggä. Zersch isch sy Vatter u churz druuf o d Mueter gstorbe. Der Tod vo dene beide het ne meh preicht, als er zersch ggloubt het. Er het jitz elei müesse husaschte. Es het niemer meh gchochet, d Stuben ufgruumt u d Wösch gmacht. U di Sache sälber z machen isch ne hert aacho. Choche het er chuum chönne, u drum isch sy Spyszedu zimli eitönig gsi. Zum Zmorgen u Znacht Ggaffee, Brot, Chäs u Anke. U am Mittag Maggisuppe, bbrateni Servelaa, Stierenouge, vilecht einisch e Röschti u de wider Maggisuppe. Es git ja so mängi. Derzue isch ds Dradänke cho, was er mues choufe.

Das het ihm der Chopf ghörig erläse. U derby het er o gseh, dass das Züüg meh choschtet, als er bis jitz ggloubt het. Er het sech ungereinisch nümme verwungeret, dass sy Mueter mit em Hushaltigsgäld mängisch chuum het möge bcho. Aber er het du no gly einisch usegfunge, weli Sachen im Konsum oder i der Migros billiger sy.

Weder öppis het ihm du doch aafa Chummer mache. Er het nämlech nahdisnah gseh, dass er trotz em Husen u Rächne für ds Läbe ordeli meh het müessen usgä weder früecher, won er bi der Mueter d Bei nume het chönnen unger e Chuchitisch strecke. Er het chönne schryssen u mache, win er het wöue, am Zahltag het er vorlöifig nüüt meh uf d Bank chönne tue. Es het ne ddüecht, sit em Tod vo syne Eltere mach er nume no hingertsi. Im Bankbüechli sy d Zahle geng glych bblibe. Ds Blettere drinne het ihm überhoupt kei Freud meh gmacht. Wärchen u glych nüüt chönnen uf d Syte tue, das isch e leidi Sach.

Wo eine vo de Zytnämer für Akkordarbeite pensioniert worden isch, het sech Tschumi für dä Poschte beworbe u ne zu sym Verwungeren o übercho. Er isch ordeli stolz gsi, jitz nümmen e Büezer im ne Überchleid z sy. Er isch jitz Aagstellte im ne graue Schurz. U derzue im Monetslohn. Ändi Monet het er jitz ordeli meh im Zahltagstäschli gha, un er het wider chly öppis chönnen uf d Bank tue.

Weder äbe, das cheiben Eleisy! Das het ihm's gar nid chönne. Heicho u de d Hushaltig müesse machen isch ihm no gly einisch verleidet. E Hushältere sueche? Nei, so eini choschtet z viil. U derzue cha eim so eini der Püntu vo eim Tag uf en anger häregheie. De git es nume no eis: Hürate. Grad bsungers begeischteret isch Tschumi vo däm Gedanke zwar nid gsi, aber wen es nid söu wytergah wi bis jitz… Weder we scho söu ghürate sy, de zmingscht eini, wo nach syr Gyge tanzet. Eini, wo huslig isch, nid ufbegährig u wo nid meint, si müessi schier jede Rägetag es neus Fähnli a Lyb ha!

Er het sech aafa umtue. Grad grossi Hoffnig, es passends Wybervölchli z finge, het er zwar nid gha. Aber es isch du tifiger ggange, als er sälber ggloubt het. Wi heisst es doch? O nes blings Huen fingi mängisch es Chorn. Gar nid wyt vo ihm isch e Frou deheime gsi, won ihm scho öppe bim Ychoufe begägnet isch. Er het sogar einisch es paar Wort mit ere gredt gha, won ere d Täschen a Bode gheit u di ganzi Ruschtig dervotroolet isch. Er het ere bim Zämeläse ghulfe, u sit denn hei si enanger ggrüesst. Er het gseh, dass si kei Ring treit u dermit wahrschynlech o no ledig isch. U da het er sech nid trumpiert. D Marie Nyffeler, scho ordeli über dryssgi, het als Hilfsarbeitere in ere Buechbinderei gschaffet u isch derby meh schlächt weder rächt dür ds Läbe cho. Si het eigetlech nümme dermit grächnet, no z hürate. U jitz chunnt da ungereinisch eine, o nümme grad der Jüngscht, brichtet mit ere, ladet se glägetlech zum ne Ggaffee y u zeigt sech vo der beschte Syte. Tschumi het no gly gseh, dass di Frou nid schlächt i sy Chratte würdi passe, un er het nümme lang um d Stude gschlage. Es isch ihm zwar nid grad liecht ggange, vo sym Aalige z rede. Aber er het du zletschtamänd sys Begähre mutz u troche füregworgget u derzue no gseit, si syge ja beidi o nümme di Jüngschte, u sälb zwöit syg doch gäbiger z läbe weder so elei. Ömu ihn düechi das. Das het es du mit Schyn o d Marie Nyffeler ddüecht, u so isch es nümme lang ggange, da hei di beide i ds länge Jahr ddinget.

Dass ihre Maa chly ne Eigete isch, het d Frou Tschumi no gly einisch müesse merke. Si wär eigetlech gärn i ne neui Wonig züglet, vilecht sogar mit öppis neue Möbu.

Aber vo däm het ihre Maa nüüt wöue wüsse. Entwäder läbi si i syr alte Wonig oder de i dere vo ihre. U wil der Marie ihri Wonig chly schöner u di zwöi Zimmer o öppis grösser sy gsi, isch är zu ihre züglet. U wäge neue Möbu het er o keis Musigghöör gha. Für was o? Ihm syg sys Bett no lang rächt, a das syg är sech gwanet. I dene neumodische Bett mit dene dünne Matratze, wo doch nume so aaregi Ruschtig drinne syg, überchömi me meh weder nid nume Rüggeweh. Da syg ihm sy Rosshaarmatratze geng no lieber. U was de so neui Bett choschti... U d Gumode u der Schlafzimmerschaft vo syne Eltere syge no rächti War, zwar scho chly alt, aber derfür no massiv. We me da dergäge das moderne, glaarige Züüg aaluegi – das syg nume schad für ds Gäld!

D Frou Tschumi het sech dry gschickt. Er weiss äbe, wi me mit em Gäld umgeit, ihre Maa. U wär weiss, vilecht isch me de einisch no froh, we me chly fürigs Gäld uf der Syte het, we de vilecht im ne Jahr oder zwöi... U schynbar verdienet er ja o nid bsungers viil. Ömu em Hushaltigsgäld nah, won er ihre ggä het. Weder was er eigetlech verdienet, das het si nid gwüsst, un är het o nie öppis gseit.

Wo si ihm nach paarne Monet einisch gseit het, si sött weiss Gott chly meh für d Hushaltig ha, isch er giechtig worde u het wöue wüsse, was si de so Tüürs gchouft heig, dass ds Gäld scho wider nid längi. Si müessi nume meh billigi Sache choufe u o nume grad ds Nötigschte. Mit däm het er syr Frou doch grad chly a ds Läbige greckt, u ordeli toube het si gseit:

«We du meinsch, i chönni nid rächne, de mach doch du einisch d Komissione, de gsehsch de, was di Sache hüt afe choschte!»

Vo däm het er zwar nüüt wöue wüsse, aber öppis angers:

«We du meh Hushaltigsgäld wosch, de wott i jeden Aabe d Kassezedeli gseh. U de muesch mer ufschrybe, was am nächschte Tag wosch choufe. I stryche der de uf däm Zedu scho dür, was mi unnötig oder z tüür düecht. U de längt de ds Hushaltigsgäld wider, da bin i der guet derfür!»

Uf das aben isch d Frou Tschumi unerchannt toube worde. Gseit het si zwar nüüt. Aber wo der Maa am angere Tag zum Mittagässe zuecheghocket isch, het er läng ggluegt. Bis jitz het es geng öppen e Suppe u zum Gmües chly Fleisch ggä. Aber hüt isch kei Suppe da gsi un es het numen es Hämpfeli Chöhli, numen us em Wasser zoge, u derzue drei gschwellti Härdöpfle ggä. Süsch nüüt! Tschumi het der Aate gääi zoge u hässig gmeint:

«Was söu das sy? Wosch mi la verhungere? Meinsch, mit däm Räschteli heig i ggässe? Wo isch d Suppen u ds Fleisch?»

Sy Frou het nume d Achsle glüpft u mit emne uschuldige Gsicht gseit:

«I cha mit mym Hushaltigsgäld weiss Gott nid jede Tag Chalbsbrate oder Schwynsgottlett mit Härdöpfustock ufstelle. U für Gröikts het es hüt o nid glängt. Mir müessen is äbe nach der Dechi strecke – o bim Ässe! U du seisch ja geng, i söu spare...»

Tschumi het nume läär gschlückt. Gseit het er nüüt. Am wässerige Chöhli het er lang gchöiet. Dä het er sowiso nid gärn gha. U jitz no ohni Späck... Am nächschte Zahltag het er syr Frou ds Hushaltigsgäld ohni ufzbegähre ggä. U ersch no zäh Fränkli meh weder süsch. O wen es ne unerchannt groue het!

Überhoupt, wäg em Gäld! Dass d Frou Tschumi nid gwüsst het, was ihre Maa verdienet, wär eren amänd no glych gsi. Wen er Zahltag het gha, isch er nach em Znacht elei i der Wohnstube ghocket, het Yzaligsschynen usgfüllt u ds Gäld derzue zwäggleit. U nachhär het er ihre no ds Hushaltigsgäld ggä.

Hingägen eis het se viil meh möge: dass si das Gäld, wo si i der Buechbinderei verdienet het, uf ds letschte Füfi ihrem Maa het müessen abgä. Wo si einisch derwäge ufbegährt u gseit het, das syg eigetlech ihres Gäld, da het er se churz abputzt un ere sy Standpunkt i Sache Gäld eidütig klargmacht. Nach em Gsetz syg är der Hushaltvorstand u dermit o für ds Gäld verantwortlech. Froue verstangi füraa nüüt vo Gäld, das wüssi är meh weder nume guet. Er bruuchi sech numen a sy Mueter zrügg z bsinne. Nei, um ds Gäld heig si sech nüüt z kümmere. Si überchömi ds nötige Hushaltigsgäld, u dermit baschta! U we si öppis angers müessi choufe – Schue oder Chleider, de chönni si ihm das säge u me redi drüber, ob es nötig syg, weder är toli keiner unnützen Usgabe! Wo d Frou Tschumi schüüch gmeint het, vo ihrem Verdienscht hätti si aber gwüss es chlyses Sackgäld zguet, da isch ihre Maa schier toube worde. Für was si überhoupt Sackgäld bruuchi, het er se aagsuuret. Si heig ja ihri Chleider, u ds Ässen o. U für Firlifanz bruuch si weiss Gott keis Gäld u drum syg es besser, we si gar keis i d Finger überchömi. So chömm si o nid i Versuechig, öppis Unnützes z choufe. Mit Gäld umgah wöu verstange sy, u das söu si gfeligscht ihm überla!

Öppis het der Frou Tschumi o ghörig z chöie ggä: Si hätti gärn es Ching gha. Aber da dervo het ihre Maa nüüt wöue wüsse. Afen einisch syge si doch z alt, für no nes Ching i d Wält z setze. Är gangi ja scho gäge de Vierzge. Bis dä Bueb gross syg, da syg är ja scho ne alte Maa. U Chindergschrei mögi är de gar nid verlyde. Derzue het er gjammeret, was de so nes Ching choschti. Är mit sym magere Löhnli! U si chönnti ja de o nümme ga schaffe. Ja, we si jitz öppe zäh Jahr jünger wären un är chly meh würdi verdiene – aber so… Nei, es Ching, das müess si sech us em Chopf schla!

D Frou Tschumi het sech wou oder übu müesse dry schicke. Dass si mit ihrem Maa i mänger Hinsicht nid grad ds grosse Los zoge het gha, das het si no gly einisch ygseh gha. Weder einewääg, chlage het si glych nid dörfe. We me ne kennt u weiss wie trappe, so isch es trotzdäm uszhalte. Er het äben en unerchannt ruuchi Schale, u der Chärne isch o nid viil weicher. Aber er isch zmingscht nid grob mit ere – ja, vilecht mängisch im Rede, aber süsch… Mängi angeri Frou mues da ordeli herter düre.

Mit der Zyt het sech d Frou Tschumi überleit, ob si nid amänd chly meh für sich sötti luege. Vo Sackgäld het ja der Maa nüüt wöue wüsse u se wyterhin ordeli churz gha. U das het se eifach nid rächt ddüecht. Mit ihrem Verdienscht i der Buechbinderei treit si ja o ne Bitz zum Läbesungerhalt by. Weder dass si vo däm Gäld grad gar nüüt für sich darf bhalte, das het ere je länger descht weniger i Chopf yne wöue. Si isch doch o öpper u darf o chly eigeti Aasprüch ha. Weiss Gott keiner grosse, bhüetis nei, aber dass si grad wäge jedem Füfi bi ihrem Maa sött ga aahosche...

Es isch no nes Chehrli ggange, bis si du öppis het chönnen ungernäh. Si het zwar zersch no unerchannt Hemmige u fasch es schlächts Gwüsse gha, aber si het sech du gseit, we der Maa keis Gleich wöu tue, de mües si äbe sälber für ihres Rächt luege. Wo si voletscht e chlyni Lohnufbesserig übercho het, da het si das Gäld zum Zahltagstäschli usgno, bevor si das ihrem Maa häreggä het. U di paar Fränkli het si i der ungerschte Schublade vo der Gumode hinger der Bettwösch versteckt. Im ne Sigarechischtli, wo si bim Zügle vom Maa syr Ruschtig gfunge het gha.

Vor der Wienacht het ihres chlyne Privatvermöge e gäbige Zuestupf übercho. Ihre Meischter het wahrschynlech es guets Gschäftsjahr hinger sech u dermit o chly ne guete Luun gha. Er het syne Aagstellte so öppis wi ne Gratifikation uszalt. U vo dere het d Frou Tschumi ihrem Maa o nüüt gseit. Für was o? Dä hätt ere doch wider ds hingerschte Füfi abgchnöpft. Un uf dä Wäg isch si ömu chly zu eigetem Gäld cho. Mit däm het si sech glägetlech öppis chönne leischte, ohni der Maa z frage. Dä hätt ja geng nei gseit. Es sy weiss Gott keiner grossen Usgabe gsi, wo si mit däm Gäld gmacht het. Vilecht einisch es Chacheli Ggaffee un es Stück Chuechen im «Bärehöfli», oder es neus Gloschli. Äbe Sache, won e Frou gärn hätt, ohni derwäge bim Maa müesse z bättle.

Am ne Zahltag Ändi Oktober hei di Aagstellten u Arbeiter vo der Fabrigg, wo Tschumi gschaffet het, im Zahltagstäschli näbem Lohn u der Abrächnig no e zämegleite Zedu gfunge. Uf däm isch churz u bündig gstange, dass es ab Aafang vom nächschte Jahr kei Baruszalig vom Lohn meh gäbi. D Buechhaltig wärdi us Rationalisierigsgründ uf EDV umgstellt, u dermit syg e Baruszalig z umständlech. Es gäbi vo denn a drei Müglechkeite vo der Uszalig: pär Poschtaawysig zu sich hei, Überwysig uf ds Poschtcheckkonto oder uf nes Bankkonto. U das nümmen alli vierzäh Tag, sondern nume no einisch im Monet, u zwar am Zwänzigschte. U drum söu me di gwünschti Zahligsart hie unger uf däm Formular aachrüzle.

Tschumi het das Gschrift stober aagluegt. Was da steit, das stellt ihm schier sy ganzi Wältornig z ungerobsi. Dass si i der Buechhaltig jitz o mit däm moderne Züüg wei fuerwärche, wär ihm ja no glych. Aber dass er jitz sys Gäld nümme hie i der Fabrigg i d Finger überchunnt u nümme sälber cha heitrage, das het ihm nid yne wöue. Das isch ihm gäge Strich ggange wi numen öppis. We sy Frou jitz vom Pöschteler das Gäld überchunnt u de gseht, was är verdienet – bi däm Gedanke het es Tschumi schier der Aate gstellt.

Uf em Heiwäg het er hingertsi u füretsi dranume ghirnet, was er söu fürnäh, dass di Zahltagsgschicht nid lätz usechunnt. Mit der Poscht la heicho darf er das Gäld uf kei Fall. De blybe nume di beide Konto. Aber weles – das mues er sech no überlege.

Es isch scho Ändi Novämber gsi, da het d Frou Tschumi ihrem Maa süüferli aaddüttet, si sött hüür doch einisch e neue Wintermantu ha. Dä Wunsch isch nid öppen übertribe gsi. Das Hüdeli, wo si als Wintermantu het müesse trage, het dä Namen eigetlech gar nümme verdienet. Er isch dünn u abgschosse gsi. Kei Wunger, er het vor Elti schier kei Jahrgang meh gha!

O we Tschumi gäge ne neue Mantu nüüt het chönne säge, so isch er glych nid grad zämefüesslige dryggumpet:

«Es gseht nid uus, wi wen es e stränge Winter wetti gä. Cho schneie chunnt es no lang nid u wäg em Gfrüüren isch o no kei Gfahr. U jitz, uf d Feschtzyt hi gange d Pryse numen ufe – im Ougeblick zalt me ordeli meh. Nei, mir warte mit däm Mantu no bis im Jänner. Denn sy de d Gschäfter froh, we si di füregi Ruschtig no abbringe. U de git es de Sonderverchöif mit ordeli Prozänt.»

D Frou Tschumi isch schier toube worde:

«So, de söu i warte bis nach em Neujahr? U wen es de glych chalt wird? Me chönnt meine, du machisch ds Wätter! Un i cha de früüre, grad wi vor emne Jahr. I hätt dä Mantu ja scho denn bitter nötig gha. U a der Oschtere bruuchen i ne de nümme! Aber dir isch es ja mitschyn glych, win es mir geit – we du numen es paar Fränkli chasch spare. I frage mi mängisch nume für was.»

«Mach jitz nid so nes cheibe Gheie – me chönnt ömu o meine! Du chunnsch dänk no früe gnue zu däm Mantu. U jitz wott i nüüt meh ghööre!»

Es isch Mitti Dezämber worde, un es isch trotz Tschumis angerer Meinig chalt worden u cho schneie. D Frou Tschumi het ganz im Gheime ghoffet, vilecht tüei ihre Maa doch no es Gleich wäg emne Mantu. Vilecht als Wienachtsgschänk...

Aber e Wintermantu als Wienachtsgschänk – nei, a so öppis het si nid dörfe dänke. Ender louft d Aaren obsi, als dass si mit so öppisem cha rächne. O nid mit öppis Chlynerem. Wen es hööch chunnt, darf si für a der Wienacht e Chüngubrate mache, ohni dass ihre Maa seit, Bratwürscht hätte's eigetlech o ta!

I de nächschte Tage sy geng öppe Blettli vo Warehüser i ds Huus gflatteret, wo mängergattig Ruschtig drinnen isch aaprise worde. Schöni Gschänkartikle, mängisch Firlifanz, dernäben o währschafts Züüg. O Chleider u Mäntu. U bsungers die het d Frou Tschumi aagluegt. Es het mänge drunger gha, won ere gfalle hätt. Aber die sött der Maa äben o gseh. Drum het si ihm di Blettli geng zu der Zytig gleit – offe, so dass er di Mäntu het müesse gseh. Aber er het di Sache geng ungschouet uf d Syte gschobe.

«Ghouen oder gstoche», het d Frou Tschumi ddänkt, wo si ei Tag so im ne Blettli wider e Mantu gseh het, won ere unerchannt guet gfalle het u ersch no nid bsungers tüür isch gsi. «Jitz müpfen i ne einisch zgrächtem!»

«Lueg einisch», het si nach em Nachtässe gmeint, «da wär e Mantu, wo gar nid e schlächti Gattig macht – was meinsch?» Dermit het si das Blettli häregleit u uf dä Mantu ddütet. Tschumi het churz druf gluegt. Nid uf e Mantu, nei, numen uf e Prys, nachhär der Chopf gschüttlet u nume gseit:

«Z tüür – chunnt gar nid i Frag! I ha gseit, mir warti bis im Jänner.» Nachhär het er d Zytig gno u isch i der Stube verschwunde.

«Päägguhäärige Muggigring», het sy Frou toube hinger ihm nache gwäffelet. Däm Mantu cha si nacheluege, u ob si de im Jänner eine fingt, wo däm Chnorzi nid z tüür isch... E Zytlang het si no gwärweiset, ob si nid mit ihrem eigete Gäld e Mantu söu choufe. Weder si het's du glych ungerwäge glaa. Nei, süsch wott der Maa de amänd no wüsse, wo si ungereinisch das Gäld här heig – u grad das wott si ihm nid uf d Nase binge!

D Wienacht isch verby ggange, wi öppe jedes Jahr. Nume het d Frou Tschumi hüür e Chüngubrate gmacht, ohni ihre Maa z frage.

I der zwöite Januarwuche isch du es Blettli cho, wo d Migros drinne «Sonderaktionen» aagchündiget het. Unger angerem ömu o abegsetzti Prysen uf Wintermäntle. D Frou Tschumi het ihre Maa am glychen Aabe no vor em Znacht derthäre gschleipft, gob wi dä dergäge gsperzet u gseit het, das pressieri dänk chuum derewääg. Am Samschtig sig das no früe gnue. Aber da isch bi syr Frou Füür i ds Dach cho:

«Früe gnue? U we de bis denn di guete Stück scho wäg sy? De chan i de wider am lääre Toope sugge!»

No vor paarne Monet hätti sech d Frou Tschumi nid trouet, ihrem Maa so verby z cho. Weder sit si ihm einisch wäg em Hushaltigsgäld chly etgägegha u derby gseh het, dass si vilecht doch o chly öppis z säge het, isch si nümme ganz so chlüpfig gsi. U drum het si jitz wäge däm Mantu o nid nahggä u nid lugg gla, bis ihre Maa mitcho isch. Wen ou ordeli hässig!

I der Chleiderabteilig vo der Migros het si i dene abegsetzte Mäntu aafa nuusche u du no gly einisch eine gfunge, won ere nid schlächt passt hätti. Aber em Maa isch er z tüür gsi. Trotz de füfzäh Prozänt, wo sy aagschribe gsi. Si hei zäme wyter gsuecht, bis si eine gseh hei, wo ihre zwar nid bsungers guet gfalle, ihrem Maa aber wäg em Prys scho ender i Chratte passt het. Ömu sowyt, dass er nümme grad nei gseit het. U wo si du keine meh gfunge hei, wo no günschtiger wär gsi, het er du ändlech es längs «Ja» füregworgget. Sy Frou het ufgschnuufet. Numen äbe schier z früe. Tschumi het nämlech glych no hingerha:

«Er wär scho rächt, dä Mantu – aber der Prys…»

«No günschtiger finge mer weiss Gott keine. We du meinsch, du chönnisch no weniger zale, de muesch i ds Brockehuus oder zum ne Grümscheler ga luege. Aber de ohni mi! Jitz wott i dä Mantu, u we du mir ds Gäld nid wosch gä, nimen i's vom Hushaltigsgäld! – Jitz chasch mache, wi du wosch!» Toube het si sech umddräit u dä Mantu dezidiert us em Gstell wöue näh.

«I ha ja nid gseit, mir nämi dä Mantu nid», het se der Maa zrügg gha, «aber dä wird no billiger – gloub mer's nume. I paarne Tage wärde di Pryse no einisch abegsetzt – amänd git es de dryssg oder sogar füfzg Prozänt! Du muesch nume wider ga luege.»

Sy Frou het der Sach nid trouet:

«U we de dä Mantu ungerdesse wäg isch?»

«De müesse mer äbe derfür sorge, dass er nid wäg geit!» het er lischtig gmeint. «Chumm, mir hänke dä zhingerscht i ds Gstell – dert hinger luegt chuum öpper. U wen er de no wyter abegsetzt isch, chasch ne de choufe.» Er het umegluegt, ob niemer zueluegi, u nachhär het er dä Mantu hinger em ne grosse, dunkugrüene versteckt.

I de nächschte Tage isch d Frou Tschumi jeden Aabe gschwing ga luege, ob es mit de Prysen en Änderig ggä heig – u ob der Mantu überhoupt no dert syg. Weder vorlöifig isch es bi dene füfzäh Prozänt bblibe, u der Mantu isch o no versteckt dert ghanget.

Wo d Frou Tschumi ei Mittag öppis früecher heicho isch, het si der Pöschteler im Stägehuus aatroffe. Er het se ggrüesst u du gseit:

«Guet, dass i Euch no triffe, Frou Tschumi. I ha da e Poschtaawysig für Eue Maa – aber i cha das Gäld o Euch gä.» Er het i syr Täsche gnuuschet. D Frou Tschumi het der Chopf gschüttlet:

«Gäld – für my Maa?»

Der Pöschteler het glachet:

«Dänk e Bitz wyt o für Euch, hie, lueget.» Dermit het er aafa Gäld usezelle. Luter Banknote, meh weder nid grösseri, u zletscht no öppis Münz. Si het ne nume stober aaglugt u ändlech schier erchlüpft gseit:

«Trumpieret Dir Euch nid? Das Gäld isch doch nid für üüs – i wüsst nid, wohär!»

«Wou, das stimmt scho», het se der Pöschteler beruehiget, «hie isch di Aawysig. Da gseht Dir de, vo wäm es isch. U de söttet Dir mir hie no ungerschrybe.»

Der Pöschteler isch scho lang zum Huus us gsi, aber d Frou Tschumi isch geng no mit däm Gäld i der Hang im Stägehuus gstange. Ersch wo si d Hustür wider het ghööre gah, isch si i d Wonig yne. Dert het si du afe einisch dä Poschtzedu neecher aaglugt. Wou, der Name stimmt: Oskar Tschumi. U d Adrässen o. Hingäge bim Absänder het si du nid schlächt gstuunet: Es isch di Fabrigg gsi, wo ihre Maa gschaffet het. Unger em Firmename isch no «Buchhaltung/Lohnbüro» gstange.

Nume nahdisnah het d Frou Tschumi begriffe, was das für Gäld isch: Der Zahltag vo ihrem Maa! Aber warum chunnt jitz dä ungereinisch pär Poscht? U dass ihre der Maa nüüt gseit het? Aber am meischte gstuunet het si du, wo si di Zahl gseh het, wo da im ne chlyne Fäldli drygschribe isch gsi.

Si isch am Chuchitisch abghocket u het abwächsligswys uf dä Zedu un uf das Gäld gluegt. U langsam isch ere du es Liecht ufggange: Ihre Maa het ganz e schöne Lohn, viil der grösser, als si sech je hätti la troume. Aber ihre het er geng vorgjammeret, win är müessi luege, dass si mögi bcho. U ihre eiget Verdienscht het er o ygsacket u nötelig ta, wi si uf dä aagwise syge. Dä verdrääit, hingerhäbig Kärli! Derby chönnte si mit däm, wo jitz da vor ihre ligt, meh weder nume guet läbe, ohni derewääg z schmürzele. U für ne neue Wintermantu hätt es o glängt, sogar ohni di füfzäh Prozänt, u das scho vor der Wienacht!

Vom Rathuszyt het es Viertu vor zwölfi gschlage. De mues si dänk hinger ds Mittagässe. En Ougeblick het si gwärweiset, ob si das Gäld em Maa näbe ds Täller söu lege. Aber da isch eren uf einisch öppis dür e Chopf gschosse. Warum chunnt jitz dä Zahltag dahäre? U weiss ihre Maa überhoupt öppis vo däm? Je länger si dranume gsinnet het, descht meh het es se ddüecht, es syg da öppis lätz ggange. Ömu für ihre Maa. Hingäge für seien isch das Wasser uf ihri Müli! U jitz het si gwüsst, was mache. Si het das Gäld gno u's afen einisch i der ungerschte Gumodeschublade versorget – ungerem Sigarechischtli.

Bim Mittagässe het der Maa nüüt derglyche ta. Nach em Ässe het er d Zytig gno u isch i der Stube verschwunde. De weiss er wahrschynlech doch nüüt vo däm Gäld! U d Frou Tschumi het vorlöifig nid im Sinn gha, ihm das z gä. Wen er de dernah fragt, isch es de geng no früe gnue.

Wo Tschumi churz vor de zwöie zur Wonig uus het wöue, het ne sy Frou no zrügg gha:

«I chume de hinecht chly später hei – i gange no einisch wäg em Mantu ga luege. Weder du söttisch mer ds Gäld gä.»

Er het öppis vo «cheibe Zwängerei» bbrummlet, aber du doch es Hunderternötli us der Brieftäsche gchnüblet:

«Da, i ha kei Münz – aber i wett de no öppis ume!»

Nach em Fyrabe isch d Frou Tschumi no einisch wäge däm Mantu ga luege. Am Gstell isch es neus Plakat ghanget: «Nochmals herabgesetzte Preise – 40% Rabatt». De het ihre Maa doch rächt gha mit Warte. Es sy nume no weeni Mäntu da ghanget. Aber der dunkugrüen ganz hinger isch no dert gsi. Si het ne uf d Syte gschobe – u isch erchlüpft: Ihre Mantu, wo si ätxra da hingere ghänkt hei gha, isch nümme da! Es paar Aatezüg lang isch si dagstange, nachhär het si bi den angere Mäntu gluegt, aber dert isch er o nid gsi. Toube het si der Chopf gschüttlet. Natürlech – es cha numen ihre so gah! Da het der Maa ändlech erloubt, e Mantu z choufe, u jitz isch dä furt! Es isch zum Hüüle.

Gschlage het si wider zum Laden us wöue, da isch eren uf einisch öppis dür e Chopf gschosse. E unghüüre Gedanke, un im Ougeblick isch si fasch drab erchlüpft. Aber der Chlupf het nid lang häregha, si het umgchehrt u isch dezidiert no einisch zrügg. I d Chleiderabteilig.

Aber nid derthäre, wo di abegsetzte Mäntu ghanget sy. Chly wyteräne, dert, wo d Chleider mit de normale Pryse sy, het sech du d Frou Tschumi e Wintermantu usegläse. Ohni uf ds Prysschildli z luege! E prächtige, gfüetterete Wintermantu us guetem Stoff u emne dezänte Muschter. Wo si drygschloffen isch u sech im Spiegu ggluegt het, da het es se ddüecht, das syg gar nid seie, wo si da gseht. Dä Mantu geit ere, wi wen er grad nach ihrne Määs gmacht wär. Wou, dä u kei angere! Zfride isch si wider drusgschloffe u het ersch jitz ds Pryszedeli aagluegt. Aber nid öppe mit emne schlächte Gwüsse. O we dä Mantu nid nume es Bitzeli, nei, grad ghörig tüürer isch gsi weder der anger, erchlüpft isch si derwäge nid. Jitz het si ändlech e rächte Mantu, wo ihre gfallt – was ihre Maa derzue seit, cha si sech zwar dänke, aber das schüücht si nid. Früecher vilecht, aber hüt nümme!

A der Kassen sy nere zwar no einisch Bedänke cho: U wen er i der Töibi inne seit, si mües dä Mantu umebringe? Zueztroue wär ihm das scho… Aber da isch eren e Uswääg ygfalle, u bi däm Gedanke het si schier müesse lache. Nei, si wott scho derfür sorge, dass si dä Mantu cha bhalte, tüei de der Maa, win er wöu!

«Loset», het si zu der Frou a der Kasse gseit, «i wett da dä Mantu, aber i ha im Ougeblick nid gnue Gäld da. Chönnet Dir mir dä reserviere? I mache de afen en Aazalig.»

D Kassierere het es Formular usgfüllt, d Frou Tschumi het füfzg Franke aazalt, u nachhär isch si zfride wi no chuum einisch zum Laden uus.

Wo si hei cho isch, het se der Maa läng aagluegt:
«Jä, wo hesch jitz dä Mantu?»

«Es isch no nüüt gsi, i mues morn no einisch ga luege.» Si isch fasch chly rot worde derby. Ds Schwindle geit eren äbe nid so liecht. Aber der Maa het nüüt gmerkt.

Am angere Morge, churz nach de nüüne, isch d Frou Tschumi zu ihrem Meischter u het gseit, si sött für e Räschte vom Tag frei näh, si heig es paar dringlechi Sache z erledige. Nachhär isch si no einisch hei u het dert us em Sigarechischtli i der Gumodeschublade ihres heimlech gsparte Gäld usegno. Derfür het si der Zahltag vom Maa, wo geng no drunger glägen isch, i das Chischtli gleit. Nachhär isch si wider i d Stadt ufen i Lade, ihre Mantu ga abhole. Nach em Zale het si no öppis uf em Härz gha:

«Eh, was i no ha wöue frage – wi isch das, chönnt i dä Mantu unger Umstände no umtuusche?»

Di Frou a der Kasse het schier glachet:

«Meinet Dir, er chönnti em Maa nid gfalle? De chönnet Dir ne innert drei Tage cho umtuusche. Aber bringet de der Kassebon mit.»

«Mhm – ja.» D Frou Tschumi het en Ougeblick gwärweiset u du no gfragt:

«Es git doch sicher o Sache, wo me nid cha umtuusche – wi isch es de bi dene?»

«Das sy eigetlech nume di abegsetzten Artikle, u dert chunnt e Stämpu ‹Kein Umtausch!› uf e Kassebon.»

Jitz het d Frou Tschumi schier verläge ihres Kassezedeli häregleit u gmeint:

«Würdet Dir mir dadruuf dä Stämpu mache – es wär mer nämlech rächt, wen i dä Mantu nid chönnt – müesst umtuusche…»

Jitz het d Kassierere wider glachet:

«Aha, i verstah – gället, nid dass der Maa öppen uf d Idee chunnt – dene Manne isch ja mängs zueztroue. I ha da o so myner Erfahrige.» Nachhär het si dä Stämpu uf das Zedeli ddrückt.

«I danken Ech», het d Frou Tschumi ufgschnuufet, «ja, mängisch mues men äbe chly nachehälfe. Uf Widerluege.»

Uf em Heiwäg het si sech gluegt vorzstelle, was ihre Maa zu däm Mantu u bsungers zum Prys sägi. Dä wird i nes schöns Züüg ynecho! Deheime het si dä Mantu afen einisch z hingerscht i Chleiderschaft ghänkt. Vor em Aabe bruucht der Maa dä nid z gseh. Es isch de denn no früe gnue.

Am Namittag het d Frou Tschumi es wichtigs Gschäft vorständs gha. Mit em Räschte vo ihrem ersparte Gäld isch si uf d Bank ggange. U dert het si zum erschte Mal i ihrem Läbe Gäld uf nes Bankbüechli gleit. Wo se dä Maa am Schalter gfragt het, ob no öpper angers zum Rückzug söu berächtiget sy, vilecht ihre Maa, da het si dezidiert abgwunke. Nei, het si sech gseit, dä bruucht nid a das Gäld häre z chönne. Das ghöört ihre, numen ihren elei u süsch niemerem! We der Maa scho geng seit, Froue verstangi nüüt vo Gäld – nei, hie wott si sech nüüt la dryrede!

Wo si us der Bank usen isch, mit ihrem Sparheft i der Täsche, het es sen ungereinisch ddüecht, si syg öpper ganz angers. Nümme nume d Frou vom Oskar Tschumi, das Büezerfroueli, wo no geit ga schaffe, dernäben aber geng numen im Schatte vo ihrem Maa steit u kei eigeti Meinig darf ha. Das Büechli da i der Täsche het eren ordeli der Rügge gsterkt. Gwüss, es isch keis Vermöge, wo si da het chönnen uf d Syte tue – aber es isch ihres Gäld. U mit däm cha si mache, was si wott. Ohni ihre Maa z frage! Aber da het se uf einisch glych schier chly ds Gwüsse plaget. Macht si nid vilecht doch öppis Urächts?

Si isch e Zytlang im ne Loubeboge blybe stah u het nacheddänkt. Nei, es Gwüsse bruucht si sech weiss Gott nid z mache. We si jitz einisch chly eigets Gäld het u sech öppeneinisch es chlyses Vergnüege cha gönne, de isch das nach so mängem Jahr meh weder nume rächt. Ihre Maa chunnt ja derwäge nid z Schade. Wo d Frou Tschumi mit ihrne Gedanke einisch sowyt isch gsi, het si der Chifu gstellt, uf d Täsche mit em Bankbüechli gchlopfet u isch wytergloffe. Aber nid gäge hei. Nei, si isch i ds «Bärehöfli» u het dert es gäbigs Zvieri gno. E grossi Meränggen u ne Portion Ggaffee. U groue het se das Gäld nüüt – im Gägeteil, es het eren unerchannt wou ta, u si het wougläbt dranne, sech öppis chönne z leischte. Mit ihrem eigete Gäld!

Am Aabe, bim Znacht het du Tschumi Uskunft wöue:

«U de – hesch dä Mantu?»

O we d Frou Tschumi mit der Frag grächnet het – jitz, won es sowyt isch gsi, het ere ds Härz doch chly gchlopfet u si het numen es «Mhm» fürebbracht.

«De han i dänk no ds Usegäld zguet», het sech der Maa wider la ghööre. «Äbe ja», het sy Frou ddänkt, «ds Gäld isch ihm wider ds wichtigschte. Der Mantu inträssiert ne chuum.» Mit emne tiefe Schnuuf isch si i d Schlafstube, het der neu Mantu us em Schaft gno u isch i d Chuchi zrügg. Dert isch si blybe stah u het der Mantu mit beidne Häng ufgha:

«Da – aber Usegäld git es keis – du muesch mer no öppis drufzale…»

Tschumi het der Aate gääi zoge:

«Was söu das heisse – drufzale? U was isch das für ne Mantu? I ha doch kei so tschäggeti Fahne useglääse!» Das het ordeli hässig tönt. Aber sy Frou isch nid erchlüpft:

«Aber ig! Un es isch ekei Fahne – es isch e schöne u guete Wintermantu! Aber äbe nid dä billig, wo du hesch wöue. Du hesch ja unbedingt uf no meh Prozänt wöue warte, u jitz isch dä nümme dert gsi. U wil i glych eine mues ha, han i äben en angere gchouft. U dä isch öppis tüürer gsi!»

Er het d Ougsbraue glüpft:

«So – u was heisst das, öppis tüürer?»

«Da, chasch sälber luege, ds Pryszedeli isch no dranne.»

Mit fahrige Finger het er das Zedeli vom Chnopfloch grissen u drufgluegt. Derby sy syner Ouge geng grösser worde. Ändlech het er verbisse füreddrückt:

«Öppis tüürer seisch du däm? Das isch ja zmingscht…» Er het vor Erger nümme chönne wyterrede. Ersch nach emne Wyli het er d Sprach wider gfunge:

«Bisch eigetlech nid bi Troscht? E settige tüüre Mantu? Was meinsch eigetlech, wär mir syge? Gloubsch du, i heig der Gäldschysser?» Er het wider chychig gschnuufet u stober uf das Pryszedeli gluegt. «Wi höch hesch es eigetlech im Gring? Wosch ungereinisch aafa di nobli Madam spile? Das chönnt der's mitschyn! Aber da hesch di wüescht trumpiert. Dä Mantu chunnt gar nid i Frag! Dä wird umebbracht. I chume de mit u säge was für eine gchouft wird. Ömu nid so öppis Tüürs!»

Di Chopfwösch het der Frou Tschumi kei Ydruck gmacht. Si het geng no Oberluft gha. Drum het si zimli rüejig gseit:

«Umtuusche? I gloube, da hesch du dir der lätz Finger verbunge.» Si het der Kassebon us em Portmenee gno u ne em Maa häreggä:

«Lis einisch, was da steit.»

Em Tschumi het es fasch öppis ggä, won er dä Stämpu «Kein Umtausch» dert druffe gseh het. Er het es paarmal lääer gschlückt, aber nachhär het er losgla:

«Das isch mir pfyfeglych! Dä Mantu wird umebbracht – u wen i dene ds Gäld sälber us der Kasse mues usechnüble! Was meine die eigetlech? Emne arme Büezerfroueli tüüri War aadrääie, nenei, das laat sech der Tschumi nid la biete! U du hesch natürlech gmeint, i säg de eifach ja u aame derzue u de heigisch du de dä Mantu. Aber i wiu dir u dene i däm Chleiderlade zeige, wo Gott hocket!» Er het das Pryszedeli närvös wider am ne Chnopf wöuen aabinge.

«Das chasch ungerwäge la. Dä Mantu blybt myne! U das wäg em arme Büezerfroueli, das söttisch de o öppen einisch vergässe. I la mer nid gärn so öppis la fürha, bsungers nid vo dir! Es stimmt nämlech scho lang nümme. Aber i ha der no öppis angers. Nume hockisch vilecht zersch ab, es isch amänd gschyder!»

Si isch wider i der Schlafstube verschwunde. Tschumi het ere nume stober nachegluegt. Dass ihm sy Frou so etgäge het, nei, das isch er sech nid gwanet gsi, un er het fasch chly nes uguets Gfüel übercho. Was Cheibs isch o i di Frou gfahre? Das gseht ja fasch uus, wi we si ihm wetti ds Hefti us der Hang näh! Weder da heisst es ufpasse u der Frou hantli der Meischter zeige. Wo chäämti är süsch häre, we die meinti, si heig vo jitz aa d Hosen anne. Nei, bi Tschumi git es so öppis nid!

Sy Frou isch wider i d Chuchi cho u het e grüene Zedu vor ihm uf e Tisch gleit. Es isch en Ougeblick ggange, bis er gseh het, was es isch. U da het ne fasch der Schlag troffe. E Poschtaawysig! Vo sym Zahltag! Er het sech uf nes Taburettli la gheie. Ändlech het er füregworgget:

«...wo – wohär hesch du das?»

«Das het geschter der Pöschteler bbracht.» Si het ne läng aagluegt: «Hesch du nüüt dervo gwüsst?»

Er het kei Antwort ggä. Ersch nach emne Wyli het er se schreeg aagluegt:

«U ds Gäld – wo isch de das?»

«Das han i o.»

Tschumi isch da ghocket, het verloren i der Chuchi ume gluegt u derzue der Chopf gschüttlet. Es het bös gwärchet in ihm inne. U nume nahdisnah isch er drufcho, dass da öppis lätz ggangen isch. U zwar unerchannt lätz!

«U jitz weisch du...», het er ändlech chyschterig fürebbrosmet.

«Ja, jitz weiss i ändlech, was du verdienisch! Weder das passt dir schynbar gar nid i Chratte. Süsch hättisch mer scho lang gseit, dass du e grössere Lohn hesch.

Aber äbe, so hesch dym eifalte Froueli numen es magers Hushaltigsgäld u di billigschte Chleider bruuche z gä. Das arme Büezerfroueli! I ha weiss Gott nid im Sinn, di hoffärtegi Madam z spile – aber öppe so läbe, wi mer's vermöge, das wott i! – U my Lohn, dä isch fürderhin myne – wen i dy Zahltag aaluege, de sy mer chuum uf mys Räschteli aagwise. Das Gäld bhalten i jitz für mi – nei, jitz reden i einisch!» het si ne gschweigget, wo Tschumi öppis het wöue säge. «I ha jahrelang nüüt dervo gha u lang gnue gschwige u mi glitte, wil i gmeint ha, mir syge so bös dranne. Nid emal chly Sackgäld hesch mer ggä. Wen i wett zämerächne, was i zguet ha, de müesstisch no ordeli druflege. U vo jitz aa sägen i, was i für Hushaltigsgäld bruuche. U dass es grad weisch: I ha mer scho lang es neus Kanapee gwünscht. I ha mi nume nid trouet, so öppis z säge. Dä alt Chaschte mit syne Fädere, wo gyre, dass es eim tschuderet, isch mer scho lang verleidet. Uf d Oschtere mues öppis angers zueche!»

Tschumi het wider en Aalouf gno, für öppis z säge, aber sy Frou het ne nid la rede. Si isch jitz grad so gäbig im Zug gsi, u da het eifach use müesse, was ere scho lang uf em Mage glägen isch.

«Wen es der nid passt, de chasch mache, wi du wosch. De lan i's uf nes Nüünizie la aacho. Du hesch mir sit Jahre my Verdienscht wäggno, ohni dass du druf aagwise bisch. U wen i da wett ga chlage, i gloube, du würdisch der Chürzer zie. Es git ja mitschyn es neus Eherächt... Aber jitz wett i doch no eis wüsse: Wo isch das Gäld, wo du di Jahr düre zämegchrauet hesch?»

No vor es paar Minute wär Tschumi syr Frou uf ne settegi Frag abe wüescht über ds Muu gfahre. Aber was ihm die jitz a Chopf pängglet het, das het ihm bös der Wind us de Sägu gno. Dass ihm sy Frou über syner Machetschafte gstoglet isch u jitz weiss, was er verdienet, das het ne gheglet wi chuum öppis. U dass es syr Frou ärnscht isch mit däm, wo si gseit het, da dranne het er chuum chönne zwyfle. So win ihm die verbycho isch... U wäge däm neuen Eherächt, bsungers viil weiss er ja nid drüber, aber ömu söveli: dass er wahrschynlech wüescht im Räge würdi stah, we si mit em Chlage wett ärnscht mache.

Langsam het er ygseh, dass er doch es Gleich sött tue, dass er mit syr Frou nümme so cha wyter gutschiere. Der Luft schynt gchehrt zha – u ihm blaset er ghörig i ds Gsicht. Ändlech isch er ufgstange u i d Schlafstube trappet. Dert het er im Nachttischschublädli sys Bankbüechli füregno. I der Chuchi het er's syr Frou häregleit. Mit emne Gsicht, wo me dütlech gseh het, wi ne das hert aachunnt. U mit emne verlägene Achslelüpfe het er gmeint:

«... i ha eifach chly öppis wöuen uf der Syte ha...»

«Aber für was o? Du hesch ja nie es Füfi dervo bbruucht. Un i ha o nie öppis gseh dervo. Du hesch gchrauet u gschmürzelet, u mir derby uf d Finger gluegt u mer we müglech no fürgha, i chönni nid mit Gäld umgah! I ha nüüt dergäge, chly z spare – aber nid grad derewääg! Das isch ja scho fasch chrankhaft!»

Si het das Büechli gno u drygluegt. U isch derby erchlüpft ab däm Gäld, wo ihre Maa da am Schärme het. Das längt nid nume für dä Mantu u nes neus Kanapee, da ligt no chly meh drinne, ohni dass es öpperem weh tuet. Amänd sogar chly ne grösseri u schöneri Wonig…

Si het der Chopf gschüttlet u gmeint:

«Wen i das Gäld da gseh u dy Lohn – warum sy mir nid einisch chly i d Ferie? Glängt hätt es ömu meh weder nume guet. O wen es numen e Wuchen oder zwo in ere chlyne Pension am Thunersee wäri gsi – meinsch nid, i hätt vilecht Freud gha dranne?»

Si het das Büechli touben uf e Tisch gheit. U derby isch si ihm grad no einisch uf d Zeeje trappet:

«We du de wider uf Bank geisch, de laasch dert la ytrage, dass i o über das Gäld cha verfüege!»

Tschumi het erchlüpft öppis wöue säge, aber si het ne no einisch nid zum Wort la cho:

«Vo däm Gäld isch e schöne Bitz vo mir – mir wei jitz nid nacherächne, wiviil. Aber i wott o öppis derzue z säge ha. – U jitz wei mer Znacht ässe.»

«U de my Zahltag – i wett dä de doch öppe…», het Tschumi schier chly duuche gmeint.

«Nach em Ässe», het si ne gschweigget, «u de rächne mer de no ab – wäg em Hushaltigsgäld u mym Sackgäld!»

Was het er da dergäge wöue säge? Es isch äbe schynbar doch so, wi's ne scho vori ddüecht het: Es wääit en angere Luft. Trüebselig het er i der Röschti umeggrüblet. Hüt het si ihm gar nid wöue schmöcke. Trotz de Stierenouge druffe.

Nach em Ässe isch er i der Stuben inne a Tisch ghocket, het der Aazeiger gno u druf gwartet, dass sy Frou o ynechunnt. Aber gläse het er nid. Er het der Chopf ganz am nen angeren Ort gha. Er het wüescht

dranume ghirnet, warum es überhoupt so usecho isch.
U ändlech isch er du druf cho: Da drannen isch nume ds
Lohnbüro dschuld. Schicke doch di cheibe Glünggine
sy Zahltag dahäre, u derby het er doch das Chrüzli uf
däm Zedu bim Poschtcheckkonto gmacht. Aber äbe, da
het dänk so ne Bürogumi sy Gring wider einisch am nen
angeren Ort gha, nume nid bi der Arbeit – u derwäge
preicht ihn de es settigs Ugfehl! Aber däm Glünggi
wott er de d Hüener scho ytue!

Dass är amänd sälber e Fähler gmacht u das Chrüzli
am lätzen Ort chönnti häregschwadlet ha, a so öppis het
Tschumi kei Ougeblick ddänkt.

Ändlech isch sy Frou us der Chuchi cho. Si isch no i
d Schlafstube u het dert gnuuschet. Nachhär isch si
wider zrüggcho u het öppis vor ihm uf e Tisch gleit:

«So, da hesch dy Zahltag!»

Em Tschumi het es fasch öppis ggä. Vor ihm isch sys
Sigarechischtli gläge, das Chischtli, won er drinne vor
mängem Jahr als Bueb sys erschte Gäld versorget het
gha. Won er a das ddänkt het, da het er ganz es eigelig
Gfüel übercho, prezys wi früecher. Aber won er das
Chischtli ufgmacht het, isch das Gfüel uf einisch wäg
gsi. Es het zwar geng no Gäld drinne – u ordeli meh
weder denn. Aber äbe, er isch nümmen elei Herr u
Meischter drüber.

Es isch es Wyli ggange, bis sech Tschumi vo der
ganze Gschicht chly bchymet het gha un er mit syr Frou
ändlech wäg em Hushaltigsgäld het chönnen abrächne.
Un ere mit emne wehlydige Gsicht zletscht no es Bank-
nötli häregschobe het. Derzue het er us em einte Mul-
egge verbisse la ghööre:

«Miraa, da hesch dys Sackgäld…»

Drufabe het er no ds Gäld für d Rächnigen usezellt u du der Räschte mit em Bankbüechli zämen i der Büffeeschublade versorget. Er bruucht's ja jitz nümme z verstecke.

Uf em Tisch isch nume no ds lääre Sigarechischtli gläge. Er het's i d Hang gno, läng aagluegt, u du het er mit emne gääie Schnuuf der Dechu zuegschletzt. En Ougeblick het er no gwärweiset. Nei, das Chischtli bruucht er nümme. Er isch i d Chuchi usetrappet u het's dert i Ghüderi gheit. Derby het es ne ddüecht, er ghei dermit o grad e Bitz vo sich sälber furt!

Uchrut

Fasch chly stober het d Frou Buri uf dä Brief gluegt, wo si da i der Hang het gha. Vor es paar Minute het es a der Wonigstüre glütet. Si isch grad am Härdöpfurüschte gsi u het sech nid gärn la störe. Chly ulydig isch si ufgstange, het d Häng am Schurz abputzt u isch ga ufmache.

Im Stägehuus isch der Pöschteler gstange, het fründlech ggrüesst un eren e Brief häregstreckt. Erstuunet het ne d Frou Buri gno.

«Dir söttet mer da no ungerschrybe, syt so guet.»
«Ungerschrybe? Für was?» het sech d Frou Buri verwungeret.

«Es isch äben e ygschribene Brief», het se der Pöschteler bbrichtet. D Frou Buri het der Chopf gschüttlet. Das isch ihrer Läbtig no nie vorcho, dass si en ygschribene Brief übercho het, u drum het si chly mit emne uguete Gfüel der Chuguschryber gno:

«Wo? Hie?» het si gfragt. «I gseh nümme grad guet ohni Brülle, aber für e Name längt es scho no.»

U jitz isch si da i der Chuchi gstange, het dä Brief hin u här ddrääit, nachhär d Brülle gsuecht u afen einisch d Adrässe gläse:

«Frau Emma Buri-Läderach» het es da gheisse, de drunger no d Strass, ds Nummero u de no Bärn. Wou, dämnah het dä Brief scho dahäre ghöört. Aber vo wäm isch er? Im linggen ungeren Eggen isch öppis häreddruckt gsi: «Ramseyer & Guggisberg, Liegenschaften». Mit däm het d Frou Buri nüüt chönnen aafa. Di beide Näme hei ere nüüt gseit, u wäge de Ligeschafte isch si o nid nachecho. Was wei di Lüt vo ihre? Öppis Guets het dä Brief chuum bedütet.

Si isch a Tisch ghocket, het mit em Schnitzerli der Umschlag ufgschnitten u das Gschrift usegchnüblet. Es sy zwöi Bletter gsi, mit ere Büroclammere zämegheftet. Obe linggs isch no einisch «Ramseyer & Guggisberg» gstange. Drunger zueche, öppis chlyner, «Liegenschaften & Hausverwaltungen». U zletscht no d Adrässen u ds Telephon. Bim Wort «Hausverwaltungen» isch d Frou Buri schier chly erchlüpft. Husverwaltig? Was wott e Husverwaltig vo ihre? Si het e Husmeischter gha, der alt Sahli. Dä isch zwar vor paarne Jahre gstorbe, aber wäge däm het es im Huus ekei Änderig ggä. Der Sahli het ja o nid hie gwohnt. Isch jitz amänd doch öppis ggange?

Si het wyters gläse. Nach em Datum, ihrem Namen un em ungerstrichene «Eingeschrieben» het es du gheisse:

«An die Mieter des Hauses Birkenstrasse 162.

Die unterzeichnete Immobilienfirma hat von der Erbengemeinschaft Karl Sahli das Haus, in dem Sie eine Wohnung gemietet haben, käuflich erworben. Da dieses Haus ziemlich alt ist und eine Renovation zu kostspielig würde, haben wir uns zu dessen Abbruch entschlossen. An seiner Stelle wird ein Neubau mit zeitgemässen modernen Wohnungen erstellt, der eine wesentlich bessere Nutzung des Baugrundes gewährleistet. Aus diesem Grunde sehen wir uns leider gezwungen, Ihnen auf den 30. September des laufenden Jahres zu kündigen. Als Beilage erhalten Sie das amtliche Kündigungsformular, auf dem auch alle rechtlichen Hinweise zu finden sind.»

Drunger e Stämpu u ne Ungerschrift, wo me nid het chönne läse. Es het der Frou Buri schier der Aate gstellt, wo si di letschte Sätz gläse u zgrächtem gchopfet het gha. Ds Huus abrysse? Hie use müesse? Us däm Loschy, wo si sit meh weder vierzg oder füfzg Jahr drinne wohnt? Hie, wo sech schier ihres ganze Läben abgspilt, wo si Freud u Leid erläbt het? Hie furt? Das cha doch nid sy!

D Frou Buri isch wi nes Hüüfeli Eländ am Tisch ghocket. D Buechstabe syn ere vor den Ouge verschwumme, si het ds Gfüel gha, si ghei i nes bodeloses, fyschters Loch abe, i ihrem Chopf isch nume no ei Gedanke zringsetum ggange: dass si hie use mues! Ändlech het das Abegheien ufghört, u si het sech es bitzeli bchymet. Aber i der Bruscht het si es unerchannt ängs Gfüel gha, es het se ddüecht, es syg eren e ysegi Chötti drum glyret. Ihres Härz het scho sit paarne Jahr nümme so rächt wöue u jitz e settige Chlupf... Mit datterige Häng het si dä Brief no einisch gno u ne es zwöits Mal gläse. Aber es isch nüüt angers derby usecho. Schwarz uf wyss isch es da gstange, dass si Ändi Septämber hie use mues.

Uf em zwöite Blatt, wo si jitz o no aagluegt het, isch nüüt angers gstange. Der Name vo der Husverwaltig, de ihre Namen u d Adrässe, ds Chündigsdatum. U de no dä Stämpu u di Ungerschrift.

D Frou Buri het der Chopf uf d Armen abegleit. Si isch sech wi usghöhlt vorcho. U ungereinisch het si aafa briegge. Es het se nume so ghudlet. Ds Ougewasser isch uf e Brief abegrünelet, u di unläserlechi Ungerschrift isch zum ne verwäschene blaue Fläre worde. Wi lang si da ghocket isch, het si nid gwüsst. Ersch wo ds Büssi scho nes Chehrli um ihri Bei gstrichen isch u gar jämmerlech gmiaauet het, isch si ändlech ufgstange u het am Schüttstei ihres verbrieggete Gsicht chly i d Ornig bbracht. Wo si wider a Chuchitisch zrügg isch u dert di halb grüschtete Härdöpfle gseh het, da het si der Chopf gschüttlet. Nei, nach Härdöpfustock het si jitz ekei Gluscht meh gha. Si het überhoupt ekei Appetit meh gha. Es isch ere jitz öppis angers schwär uf em Mage gläge. Dä Brief. Si het ne i Umschlag zrügg gsteckt u ne näbe d Zytigsbyge uf em Chuchischaft gleit. Un es het se ddüecht, mit däm uselige Brief legi si ihres ganze Läbe wäg. Si isch wider a Chuchitisch ghocket, het d Ellböge druf gstellt u d Häng unger ds Chini gha. Mit lääre Ouge het si i d Chuchi use gstuunet. U da isch ere mängs dür e Chopf ggange.

Vor über füfzg Jahr isch si als jung verhürateti Frou hie i di Zwöizimmerwonig cho. Sälb zwöit hei si denn guet Platz gha da inne. Ersch wo du nach guet emne Jahr es Meiteli aagstangen isch, hätte si eigetlech es Zimmer meh chönne bruuche. Aber das isch nid so eifach gsi. Es isch denn i dene leide dryssger Jahr gsi, un em Maa sy Lohn isch ender abeggange weder ufe. Es het e Huufen Arbeitslosi gha, u da hätt sech chuum eine derfür gha, meh Lohn z höische oder ufzbegähre, wen es ungereinisch no weniger ggä het. Me het müesse froh sy, überhoupt Arbeit z ha, u drum het me sech still gha.

Für Buris het es denn nüüt angers ggä, als sech nach der Dechi z strecke. Weder das sy sech di beide eigetlech vo chly uuf gwanet gsi, u so isch es se nid bsungers hert aacho. Si hei eifach nüüt angers gchennt.

Vo der naache Chirche här het es zwölfi gschlagen, u d Frou Buri isch us ihrem Nachedänke ufgchlüpft worde. Si het sech es Chacheli Ggaffee gmacht. Meh het si nid möge. Si het di Härdöpfu, wo si dä Morge het aafa rüschte, wäggruumt, der Chuchischurz abzogen u hinger d Türe ghänkt. Nachhär isch si a ds Fänschter trappet. Ds Büssi het ere läng nachegluegt. Es het nid begriffe, was mit syr Meischtere los isch. Süsch het si geng öppe chly mit ihm zigglet oder's uf d Chnöi gno un ihm der Balg gstrychlet. D Frou Buri isch am Fänschter blybe stah u het i Garten abe gluegt. Der Garte! Vier Gartebett hei ihre ghöört. Vor Jahre, wo si da yne züglet sy, isch dä Garte hinger em Huus o no chly ne Grund gsi, dass si das Loschy gno hei.

«Los», het denn ihre Maa gseit, «i mues chly Garte ha. We me der ganz Tag i der Fabrigg eitöönegi Arbeit mues mache, nüüt weder mit Ysen u Mösch z tüe het, nume tots Züüg i de Häng, de mues me nach em Fyraben oder am Samschtignamittag öppis chönne mache, wo eim chly uf angeri Gedanke bringt. Me mues es Hämpfeli Härd chönnen i d Hang näh, chönnen im Boden umenuusche, öppis sääien u gseh, win es errünnt!»

Di vier Gartebett sy em Buri sys Paradys gsi. Es het chuum e Tag ggä, won er nid öppis drinume gchrättelet het. Bsungers viil het ja nid usegluegt derby. Es paar Salathöiptli, es Halbdotze Chöhlitschöderli, Spinet, Zibele, Schnittlouch u Peterlig. Im einte Bett het er geng no es Eggeli reserviert gha für Blueme. Dert het geng öppis bblüeit, u sy Frou het der Stubetisch fasch nie ohni es Buggee gha.

Mit der Zyt het d Frou Buri sälber Freud übercho am Gartne, u zletschtamänd het si ihrem Maa es ganzes Bett abgläschelet. Dert druffe het si du chönne husaschte, win es ihren am beschte gfalle het. I däm Bett het si verschideni Gwürzchrütli zoge, u mit dene het si e bsungers glücklechi Hang gah.

Nach em Tod vo ihrem Maa het si sech no viil meh däm Garten aagno. Di Arbeit het ere ghulfe, der Chummer chly z vergässe. We si da im Härd gchraauet oder a de Stüdeli umegnuuschet het, de het si mängisch ddänkt, vilecht güggeli ihre Maa zwüsche de Wulche obenabe u heigi Freud a ihren un am Garte. He ja, si het ja scho gwüsst, dass es nid so isch, aber ds Dradänke isch ere halt glych echly ne Troscht gsi.

U das het jitz alles söue z Änd sy. Si het nid numen us em Loschy use müesse, si het o no ihre Garte söue verlüre, das Bitzeli Bode, wo si sit Jahre derzue gluegt het, es paar Hämpfeli Härd, wo so mängi Erinnerig drin isch! U das nume wäg emne ugfelige Brief, wo öpper i ds Huus gschickt het. E Brief, wo eifach e Strich ziet unger das Läbe, wo si bis jitz gläbt het. E Brief, wo sen usegheit us der Wonig, us der Wält, wo si schier es ganzes Läbe drin deheim isch gsi. Was ihre bis jitz öppis bedütet het, das wird jitz ungereinisch wäggwüscht dür ne chaltschnöizige Brief mit ere unläserleche Ungerschrift!

D Frou Buri isch vom Fänschter wäg, en Ougeblick uschlüssig blybe stah, nachhär isch si wider a Tisch gsässen u het sech no einisch es Chacheli Ggaffee ygschänkt.

Gwüss, es isch numen e eifachi u bescheideni Wonig gsi. Si het mängs nid gha, wo men als «Komfort» bezeichnet het. Me het no mit Holz u Briggee gheizt. I der Wohnstuben u i der Chuchi isch es Öfeli gstange. Im Winter isch men am Morge im chalte Zimmer zum Bett us gschloffe, u nach em Aafüüre het es ersch öppe nach ere Viertustung aafa warme. Ds nötige Brönnholz hei Buris sälber im Bremgartewald hinger gsammlet. Im Garte hinger em Huus het der Buri das Holz gsaaget u ghacket u nachhär der Husmuur nah oder im Chäller i subere Schyterbyge häretischelet. D Briggee isch me mit em Leiterwägeli zum Hirter hingere ga hole.

Im erschte Winter nach em Tod vo ihrem Maa het d Frou Buri no gnue Holz gha. Si het numen i der Chuchi gheizt u schier nume no dert inne gläbt. So isch im Früelig no nes Räschteli Holz fürig gsi – aber äbe nume no härzlech weeni. Für e nächscht Winter het si müesse luege, wi si zu Holz chunnt. Choufe? Es isch ere zletschtamänt nüüt angers übrigbblibe, o we si's chuum vermöge het. Im Summer u Herbscht isch si, so guet si's no het möge präschtiere, im Wald öppis dünneri Escht ga zämesammle. Mängisch het si o ne Täsche vou Tannzäpfe heitreit. O die gäbe zletschtamänd warm. Weder einewäg, si het unghüür huslig müessen umgah mit der Ruschtig, u wen es o a bsungers chalte Tage nid rächt het möge warm wärden i der Chuchi inne – gchlagt het d Frou Buri derwäge nid.

Es Bad hei Buris lang nid gha. Ersch nach mängem Jahr het der Husmeischter i der Chuchi e Badwanne la ynestelle u ne Gasbadofe la montiere. Es isch zwar chly äng worden i der Chuchi inne, aber so ne Badwanne isch halt glych öppis Gäbigs gsi.

Viil het der Husmeischter süsch nid la machen im Huus. Aber er isch ja o nid drinne gwohnt. U will er mit em Huszins o nie viil ufen isch, hei sech d Lüt im Huus nid derfür gha, öppis z höische. Aber we men öppe ghöört het, was Wonige i de Neuboute choschte, o we si nid viil grösser sy, het men eigetlech müesse zfride sy mit so emne günschtige Loschy. Bi däm, wo der Buri i der Fabrigg verdienet het, hätte si sech e höchere Huszins gar nid chönne leischte. O we di tannige Riemeböde i de Zimmer mit der Zyt unerchannt hei aafa rugge, u we o der Abtritt im Winter mängisch meh en Yschgrueben isch gsi, so het me sech a das mit der Zyt gwanet. U zletschtamänd isch di Wonig meh worde weder numen es Dach über em Chopf. Si isch zu öppisem worde, wo viil meh bedütet u doch so viilne Mönsche manglet: es Deheime!

Bsungers sit ihre Maa nümme da isch gsi, isch d Frou Buri no fasch meh a der Wonig ghanget. Es het se mängisch ddüecht, si syg glych nid elei da inne. Es isch halt scho so: we me so mängs Jahr mit emne Mönsch zämeläbt u de dä Mönsch ungereinisch nümme da isch, so blybt halt glych mängs zrügg. Nid nume d Chleider, äbe o angeri Sache, wo eim a dä Mönsch mahne. Der Fänschteregge i der Stube, wo ihre Maa geng nach em Ässe d Zytig gläse het, der Gruch vo de Stümpe, won er i dene viilne Jahr da inne vertubaket het, dä Gruch, wo geng no i der Stuben inne hocket u i de Vorhäng chläbt u trotz em Lüfte nie ganz use geit. Chlynigkeite, gwüss, aber si ghöören eifach zum Läbe i der Wonig inne. U di Chlynigkeite hei der Frou Buri ds Eleisy chly liechter gmacht.

U we si jitz furt sött vo hie, i ne angeri Wonig, de verlüürt si nid numen ihres Deheime, de verlüürt si o no e Bitz vo ihrem Läbe. U de isch si de ganz elei. U vor däm Eleisy het si Angscht gha.

Aber es sy no angeri Sache gsi, won ere ungereinisch unerchannt uf der Seel gläge sy. Wo u wie ne Wonig finge? U was choschtet so eini? Cha si überhoupt e höchere Huszins zale? U de ds Zügle? Wi söu si das überhoupt präschtiere? Di Chöschte, wo das git!

D Frou Buri het, sit si Witfrou isch gsi, zimli bescheide müesse läbe. Si het numen e chlyni Ränte gha, grad äbe gnue, für so häb-chläb chönne z läbe. Ja, we der Maa öppe no e Pension gha hätti. Aber da isch nüüt ume gsi. I däm chlyne Betrieb, won är als Handlanger gwärchet het gha, het me so öppis denn no nid gchennt.

Si hätt ja o chönne luege, für öppis ga z schaffe. Numen äbe, das isch o ender gseit weder gmacht. Was hätti si scho chönne schaffe? I ihrem Alter isch es nid liecht gsi, öppis z finge. Ga wäsche? Wär bruucht hüt no e Wöschfrou! Büro putze? Da isch o nid viil z wöue. Me het da lieber jüngeri Lüt. Zytige vertrage? Da derzue isch d Frou Buri zweeni guet z Fuess gsi. Si het i de letschte Jahr chly bösi Bei übercho, u da het si weiss Gott nid stungelang chönnen umeloufe. Nei, mit Schaffe isch es nüüt gsi.

So het sech d Frou Buri halt eifach wyters nach der Dechi müesse strecke, o we die jitz ordeli chürzer worden isch. U das isch guet ggange, solang nüüt Ugwöhnlechs uf se zue cho isch. Weder jitz – e Züglete...

U no öppis angers het ere z dänke ggä. Amänd fingt si ja ne Wonig, wo der Huszins nid z höch isch. Aber wo? Cha si hie i däm Quartier blybe? Hie, wo si geng isch deheime gsi, hie, wo ihre jede Husegge, jede Gartezuun vertrout isch, wo si doch geng no es paar Lüt kennt – u wo si vom Chuchifänschter uus zwüschen angerne Hüser düre der Bremgartewald ma gseh. Chlynigkeite, aber äbe doch Sache, wo me dranne hanget, wo eim vertrout sy, wo zum Läbe i der Strass ghööre.

Der Ggaffee isch scho fasch chalt gsi, wo d Frou Buri us ihrem Nachesinne ändlech erwachet isch. U da het si sech müesse säge, nume da hocken u muutrummle batti wääger nüüt. Si sötti doch öppis ungernäh. U si isch du räätig worde, am gschydschte syg es doch, si gangi grad uf das Büro, wo ihre dä cheibe Brief gschribe heig. We se die scho zur Wonig us gheie, so söue die doch o luege, dass si en angeri fingt. Si het dä Brief wider gno, no einisch d Adrässe vo däm Büro gläse u sech nachhär zwäggmacht, für i d Stadt z gah.

D Frou Buri het das Büro oder ömu das Huus, won es drinne het söue sy, no gly einisch gfunge. Es isch im ne umbboute Gschäftshuus a der Spittugass gsi. E grossi, glesegi Türe u hingerdrann e fasch taghäll erlüüchtete Husgang. E grossi Tafele het Uskunft ggä, wär i däm Huus z finge syg.

«Ramseyer & Guggisberg, Immobilien, 4. Stock» isch dert zwüsche Dökter, Fürspräche, emne Schönheitssalon u Hüratsvermittligsinstitut gstange.

Fasch chly mit Härzchlopfen isch d Frou Buri i Lift gstige u het dert uf e Chnopf vom vierte Stock ddrückt. Herrschaft, geit das gääi obsi! Es isch ere fasch trümlig worde. Im vierte Stock, im ne länge Gang het es nachzuechen es Halbdotze Türe gha. Weles isch jitz di rächti? Fasch nume tüüsselig isch si vo der einte zur angere trappet u het di verschidene Ufschrifte gläse. Hie! A der Türen isch ds glyche gstange wi uf em Briefchopf. Drunger het es no gheisse «Anklopfen und eintreten».

Si het no ne Ougeblick gwärweiset. Ungereinisch het si fasch chly Angst gha. Darf si überhoupt da yne? U was söu si säge? Si isch ja no nie so uf emne Büro gsi u het ekei Ahnig gha, wi das da zue u här geit. Aber we si jitz scho da isch . . . Si het sech e Mupf ggä, no einisch tief gschnuufet u du gchlopfet. Nume schüüch. Nachhär het si d Türe süüferli ufgmacht u isch duuchen ynetrappet.

Es sy keiner füf Minute vergange gsi, da isch d Frou Buri wider us däm Büro usecho. Ihrem Gsicht a het me's dütlech gseh: Grad bsungers guete Bscheid het si chuum übercho gha. Mit müede Schritte isch si zum Lift füre, abegfahre u du d Stadt uuf gäge heizue gloffe. Der Wäg gäge d Länggass isch ere no nie so wyt vorcho wi hüt. Un ab allem Loufe het si geng wider a däm umegchöiet, was ere dä Maa uf däm Büro gseit – nei, ender fasch aapängglet het gha: Natürlech müessi si uf Ändi Septämber use, das standi ja dütlech i däm Schrybe. U für ne angeri Wonig müessi si scho sälber luege, das syg nid Sach vo der Husverwaltig. Si müessi äbe der Aazeiger läse, dert syge ja geng Wonigen usgschribe. U süsch gäb es ja o no Altersheim...

Was jitz? Öppis mues doch gscheh. Was het dä uf em Büro gseit? Der Aazeiger läse? Dert druus e Wonig finge? Mit emne bittere Lächle het si der Chopf gschüttlet. Was da derby useluegt, cha si sech a de Finger abzelle: nüüt, gar nüüt! Si het ja öppe scho bim Düreblettere vom Aazeiger gluegt, was da so für Wonigen usgschribe sy. Nume so us Gwunger. Aber we si sech jitz dra bsunne het, was dert für Mietzinse ghöische wärde...

Deheime isch d Frou Buri wider lang i der Chuchi gsässe u het drüber nachegsinnet, win es söu wyters gah. Hoffnig, e Wonig z finge – zum ne Huszins, wo si cha zale –, die isch am ne chlynen Ort gsi. Vilecht, we si zäntume chly würdi umefrage – amänd wüsst öpper e Wonig. Aber wän söu si frage? Si kennt ja chuum meh öpper.

Es isch du wider ds Büssi gsi, wo se dra gmahnet het, si syg de nid elei un äs heig Hunger. Si het ihm sys Gschiirli gfüllt u für sich o öppis Znacht gmacht. O we si eigetlech ekei Hunger het gha, ässe sött si glych öppis. Nachhär het si du no der Aazeiger gno u glych no d Wonigsinserat gläse. Me cha ja nie wüsse... Aber es isch vergäbeni Müei gsi.

Churz drufaben isch si ga lige. Aber si het der Schlaf no lang nid gfunge. Nid nume wäge däm, wo si hüt uf däm Büro het müesse ghööre.

Ds lääre Bett näbezueche! Ds Bett vo ihrem verstorbene Maa. Das het si geng no hie im Schlafzimmer gha, zueddeckt mit ere abgschossene Bettdechi. Si hätti das Bett ja scho lang chönnen useruume. Aber si het's eifach nid über ds Härz bbracht. Es het sen äbe zäme mit mängem angere a ihre Maa erinneret. Un es hätt ere wahrschynlech weh ta, elei in ere halblääre Stube z schlafe. So isch doch wenigschtens no sys Bett da gstange, u das het ere chly ds Gfüel ggä, si syg doch nid ganz elei.

Aber hüt het si das Eleisy unerchannt hert gspürt. Jitz, wo derewääg Ungfehl uf se zue chunnt, het si wi no chuum einisch drunger glitte, e Witfrou z sy. Niemer z ha, wo eim bysteit. Niemer, wo eim öppis dernahfragt.

Niemer? U de ds Trudi, ihri Tochter? Bi däm Gedanke het es ihre schier e Stich ggä im Härz inne. Wi mängs Jahr het si nüüt meh vo däm ghöört? Si weiss ja chuum rächt, won es isch. Won es synerzyt ghürate het – mit em Schwigersuhn hei Buris ds Heu nie uf der glyche Büni gha, er het se denn z hert la gspüre, dass si ihm zweeni syge –, isch es uf Züri zoge. Der Maa heig dert e gueti Stell, het es i eim vo de wenige Briefe gschribe, u du später no, si gangi jitz uf Amerika – u sider het d Frou Buri nüüt meh vo ihrer Tochter ghöört. Nei, vo der Syte het si ekei Hilf chönnen erwarte.

I de nächschte Tagen isch nüüt ggange. Ds Aazeigerläse het nüüt bbracht, u di paar wenige Lüt, wo si zletschtamänd doch no gfragt het, hei ere o nid chönne hälfe. Numen eis het se ddüecht, syg angers worde: d Zyt gangi unerchannt schnäll ume, u der dryssigscht Septämber chömi mit Riiseschritte neecher.

Ei Vormittag, wo si nach em Zmorge der Aazeiger versorget het gha – es isch wider nüüt drinne gsi –, isch si e Zytlang am Fänschter gstangen u het usegluegt, i der Hoffnig, das tüei ere di trüebe Gedanke, won ere im Chopf umetroolet sy, chly verschüüche. Wo si i Garten abe gluegt het, isch eren i Sinn cho, we si dert chly gieng ga chrättele, chäämti si vilecht o chly uf angeri Gedanke. Es länkti se chly ab. Si het hinger der Chuchitür der grob Garteschurz gno u isch i Chäller abe. Dert het si es Jäthoueli gno, isch i Garten use u het im ne Bett aafa umenuusche. En Ougeblick lang het si sech zwar gfragt, ob es überhoupt no e Wärt heigi, hie no öppis z mache, we si ja glych furt mues. Aber si het sech du gseit, syg das jitz, win es wöu, solang si no hie z Huus syg, ghööri dä Bitz Garte ihre u de lueg si o derzue!

Si het sech bbückt, für nes paar Gjätstüdeli uszrysse. Aber wo si ds erschte Uchrütli zwüsche de Finger gspürt het, da het se das Pflänzli ungereinisch dduuret. Uchrut! Nume wil es schynbar niemerem öppis nützt u numen im Wäg isch, seit men ihm Uchrut. Derby isch es doch es Pflänzli wi jedes angeren o, vom Herrgott gschaffe, u wen es jitz halt o ekeis schöns Blüemli isch u me's o nid cha äsӕe wi Spinet oder Bluemchöhli – warum mues men ihm de Uchrut sägen u's usrysse?

Söu es däm jitz glych gah wi ihre: usgrisse wärde us em Bode, wo me drin verwurzlet isch? D Frou Buri het das Stüdeli süüferli zu de Finger usgla u für sech sälber ddänkt:

«Nei, o di Uchrütli söue hie dörfe wachsen u läbe, so lang es no geit. Es isch de wääger früe gnue zum Stärbe, we si vo de Bouarbeiter vertrappet wärde. I rysse hie ekeis einzigs meh uus!»

Si isch no nes Wyli uf ds Jäthoueli gstützt dagstangen u isch wider de Gedanke nacheghanget.

Am angere Mäntig, wo si wi geng der Aazeiger gstudiert het, isch eren es Inserat unger d Ouge cho, won ere chly Hoffnig gmacht het, es chönnti öppis sy. Was si bis jitz so gläse het gha, isch nöie nüüt gsi, wo für seien i Frag cho wäri. Hingäge di Aazeig hie het ekei schlächti Gattig gmacht. Es syg es «Studio» z vermiete, het es da gheisse, «preisgünstig und vorzugsweise an alleinstehende Person». Mit em Wort «Studio» het si zwar nid viil chönnen aafa, aber si het ddänkt, das wärdi äbe so ne neumodischen Usdruck für Wonig sy.

Prysgünschtig, das hingäge isch öppis gsi, wo si suecht. Aleistehend isch si o, de wär das «Studio» amänd öppis für si. Derzue isch es nach der Adrässe da im Aazeiger numen es paar Strasse wyter äne im glyche Quartier gsi. U dert, het sech d Frou Buri bsunne, het es heimelegi Hüser gha, sogar mit Gärte. Schier fasch wi hie. So het si sech nid lang bsunne u isch ga luege.

Wo si aber i di Strass cho isch, da isch ere di Sach nümme ganz kouscher vorcho. Da, wo nämlech ihrer Erinnerig nah di Hüser hätte söue stah, Hüser mit schön grüene Fänschterläde, da isch e längi, blutti Hüserzyle gstange. O d Vorgärte mit de Strücher u Böimli sy nümme da gsi. Uf der Strass, wo früecher Chinder gspilt hei, sy längi Reie vo parkierten Outo gstange. O ds Milchlädeli, wo si sech no dra het möge bsinne, isch niene meh gsi.

Mit emne uguete Gfüel het si das Husnummero gsuecht, wo das Studio drinne het söue sy. Wo si's gfunge het gha, isch si aber scho a der Hustüren aagschosse. Die isch nämlech bschlosse gsi. Nach em erschte Chlupf het si du aber gseh, dass es näbedrannen e Zylete Lütichnöpf gha het. Aber bi welem söu si lüte? Si het d Brülle füregno u d Näme gläse. Bim einten isch «Hauswart» dernäbe gstange. D Frou Buri het ufgschnuufet u uf dä Chnopf ddrückt. Es isch es Chehrli ggange, nachhär het e bläächegi Stimm gfragt:

«Wär isch da?»

Erchlüpft het d Frou Buri umegluegt. Wohär chunnt di Stimm? Bevor si aber da druuf cho isch, het di Stimm zimli ulydig no einisch gfragt:

«He – wär lütet?»

Jitz het si erscht gmerkt, dass di Wort us paarne Löcher näbe de Lütichnöpf usecho sy. Ordeli verdatteret het si ändlech chönne stagle:

«Exgüsee – i chume wäge der Wonig – wo im Aazeiger...»

«Ougeblick, i machen uuf. Chömet i erscht Stock», het ere di bläächegi Stimm ds Wort abgschnitte. Nachhär het es i der Türen inne gsuuret. D Frou Buri het sen ufgstossen, isch süüferli ynetrappet u d Stägen ufgstige. Im erschte Stock isch e jungi Frou i abgrabsete Röhrlihose gstangen u het ere läng etgägegluegt.

«Chömet Dir wäge däm Studio? – Ja, i weiss nid rächt – aber chömet einisch cho luege. Es isch im vierte Stock obe.»

Si isch voruus gloffe, d Frou Buri hingernache. Derby isch si ghörig i ds Chyche cho u ändlech ganz usser Aaten i däm vierte Stock aacho. Dert sy vier Wonigstüre gsi. Di jungi Frou het eini ufgmacht:

«Da, syt so guet.»

D Frou Buri isch verläge ynetrappet u het läng umegluegt. Si isch imne änge Vorrüümli gstange. Vo dert isch en offene Durchgang i nes läärs Zimmer ggange. Si isch i däm Durchgang blybe stah u het i das Zimmer ynegluegt. Es isch nid grad bsungers gross gsi u het numen eis Fänschter gha. Türe, wo i nes angers Zimmer oder i d Chuchi ggange wär, het si niene gseh. Si het sech umddrääit u di Frou gfragt:

«U wo sy di angere Zimmer u d Chuchi?»

Di Frou het se verständnislos aagluegt:

«Chuchi? Angeri Zimmer? Syt Dir nid ganz bi Troscht? Das isch es Studio!»

«– ja – aber e Chuchi un es Schlafzimmer sött doch weiss Gott da sy…»

Di angeri het ergerlech gschnuufet:

«Herrgott, syt Dir hert vo Begriff! Es Studio han i gseit! Es Eizimmerappartemänt, we Dir das besser verstööt. – Da linggs im Eggen isch d Chochnische u hie im Entree ds WC mit der Dusche. I weiss nid, was Dir no meh weit!»

D Frou Buri het nume läär chönne schlücke. Si isch nümme nachecho. Studio! Eizimmerappartemänt! Si suecht e Wonig, e ganz e gwöhnlechi Wonig mit ere Chuchi u emne Wohn- u Schlafzimmer u nid so öppis Neumodisches, Sturms! Nid esmal e Chuchi het es da! Chochnische! Wo söu me de ds Gmües rüschte? I der Stuben inne? U wo sött si da mit ihrne Möbu häre? – Nei, das isch nüüt für si. Meh us Gwunger het si du glych no nach em Mietzins gfragt. U dä het se du fasch umgmüpft. Es isch bis uf paar weenegi Franke sövu gsi, wi si im Monet Gäld übercho het. Zum Läbe wär ere chuum meh öppis bblibe. Mit ere schwache Stimm het si ändlech gseit:

«Nei, i gloube, das isch nüüt für mi. – I danken Ech einewääg für Eui Müei.»

Uf der Strass unger het si sech nach paarne Schritte no einisch umddrääit u läng a däm Huus ufegluegt. Nachhär het si der Chopf gschüttlet u isch gäge heizue trappet. Mit emne unerchannt bittere Gfüel im Härz. U schier ohni Hoffnig.

Der Läbchueche

Es isch e Wuche vor Schuelschluss u zäh Tag vor Wienacht gsi. Wo Nydegger Fritz am Namittag vo der Schuel heicho isch, het ne sy Mueter no gheissen es Brot ga z hole. So isch du der Bueb a d Metzgergass ufe zum Beck Schluep.

Nydeggers sy unger a der Poschtgass deheime gsi. Schattsytig, im ne chlyne Loschyli. Nydeggers – das sy d Frou Nydegger mit ihrne zwöi Ching, em zähjährige Fritz un em sächsjährige Trudeli. Vatter isch keine meh da gsi. Dä isch vor paarne Jahr uf em Bou tödlech verunglückt. Sider het sech d Frou Nydegger mit ihrne Ching sälber müesse düreschla. Nume hätt si mit däm Räschteli, wo si vo der Versicherig übercho het, chuum möge bcho. So het si müesse für Arbeit luege. Si het für ds Züghuus Militärhosen u Chittle gflickt. Aber für chly uf ne grüene Zweig z cho, het si der ganz Tag müesse derhinger sy.

Derwäge het si de chuum Zyt gha für ihri Ching. Die sy uf sich sälber aagwise gsi u hei sech sälber müesse vertöörle. U das isch nid grad liecht gsi. Spiilsache hei si chuum gha. Ds Trudeli het mit emne alte Bäbi müesse spile, won es einisch i der Louben unger gfunge het gha. E Schuetrucken isch ds Bettli u Stoffräschte sy d Bettwösch u d Chleider gsi.

Fritz het da chly böser gha. Er het gärn gläse, aber meh weder d Schuelbüecher sy nid ume gsi. Die het er no gly einisch uswändig chönne. U ne Schuelbibliothek het es nid ggä. De het er halt öppen echly zeichnet. Uf Packpapiirräschte. Angeri Buebe wäre vilecht uf der Gass umegheit. Aber Fritz het däm nöie nüüt dernah gfragt. Am liebschte hätt er e Wucheplatz gha. Das wär churzwylig gsi u hätt no chly Sackgäld ggä, öppis, wo Fritz bis jitz nid gchennt het. Weder äbe, Wucheplätz sy nume dünn gsääit gsi. U dermit het es mit em Sackgäld fyschter usgseh.

Wo Fritz a däm Spätnamittag i d Beckerei Schluep cho isch, het er müesse warte. Er het ghöört, wi der Beckermeischter i der Bachstube hinger mit em Gsell ärschtig dischpidiert het. Fritz het im Laden umegluegt. Näbem Ladetisch sy uf emne Gstell grossi u chlyni Läbchüechen uftischelet gsi. U das het du Fritz dra gmahnet, dass ja churzum Wienacht isch.

Wienacht – das het für d Nydeggerching nöie nüüt Bsungers bedütet. Für Spiilsachen oder öppis Süesses het d Mueter keis fürigs Gäld gha. Wen es glägetlech doch öppis ggä het, de syn es es Paar glismeti Socke, es Hemli oder es Röckli gsi. Dernäbe hei d Ching ender am lääre Toope müesse sugge.

U jitz isch Fritz da i der Beckerei gstangen u het di Läbchüeche vor sech gha. Unerchannt gluschtig hei si usgseh mit dene wysse Zuckerbären uf em bruune Teig. U wi si gschmöckt hei! Em Bueb isch es ganz eigelig worde. Er het nume no di Läbchüeche gseh u gschmöckt – u derzue gwüsst, dass är nie so eine cha ha. Derby wäre si doch sicher unerchannt guet! Einisch so ne Läbchueche ha, chönne drybysse...

Ungereinisch het ne der Gluscht überno. Rächt dänke het er nümme chönne. Er het no einisch gäge d Bachstube hingere gluegt. Dert het er der Schluep no geng ärschtig ghööre rede. Jitz het Fritz haschtig eine vo dene Läbchüeche – numen e chlyne – gno u i d Komissionetäsche gsteckt. Mit fasch chly waggelige Chnöi isch er nachhär wider vor e Ladetisch gstange. Ds Härz het ihm bis i Hals ufe gchlopfet. U nach paarnen Aatezüg isch ihm dür e Chopf gschosse: «Het's ächt niemer gseh?» Er het dür d Schoufänschtermontere i d Louben usegluegt. Nei, dert isch niemer gsi. Fritz het ufgschnuufet.

«So – u was muesch ha?» het nen em Beckermeischter sy Stimm us sym Sinne grisse. Fritz isch ghörig erchlüpft. Süsch isch geng öppen e Verchöifere im Lade gsi – het der Schluep amänd öppis gmerkt? Ändlech het Fritz chyschterig fürebbroosmet:

«E – es Pfünderli Schwarzbrot...»

Derzue het er der Schluep numen ungerufen aagluegt. Weder dä het nüüt derglyche ta, ds Brot uf e Ladetisch gleit u gmeint:

«Dänk ufschrybe – wi geng.»

Er isch sech das bi der Frou Nydegger gwanet gsi. Si het geng Änds Monet zalt, u zwar pünktlech.

Fritz het numen es «Mhm» la ghööre, ds Brot i der Täsche versorget u isch mit emne verdrückte «Adie» zum Laden uus verschwunde. Der Schluep het ihm läng nachegluegt.

«Merkwürdig duuche, dä Bueb», het er ddänkt. Er het zwar gwüsst, win es bi Nydeggers deheimen öppe geit, aber wäge däm isch dä Bueb bis jitz no nie bsungers wehlydig gsi. Weder äbe, es isch ja gly Wienacht, u da cha sech dä ja chuum druf freue.

Der Beckermeischter het schier Beduure gha mit em Fritz. Er het überhoupt chly nes Härz gha für Ching. Er isch sit Jahre Witlig gsi, u zum grosse Leidwäse vo ihm u syr Frou hei si sälber keiner Ching gha. Das het ne unghüür möge. Nid nume, wil er Ching gärn het gha, nei, e Suhn, wo später einisch ds Gschäft hätt chönnen übernäh... Es het äbe nid söue sy!

Ungerdessen isch Fritz d Metzgergass ab trabet. Er het geng a dä Läbchuechen i syr Täsche müesse dänke. Wi de dä guet isch... Derby isch ihm ds Wasser im Muu zämegloffe. Fasch zungerscht a der Gass, churz bevor d Louben ufghört het, het ne der Gluscht überno. Er isch uf d Strass use u het bim nen offene Chällerlade d Stägen ab gspanyflet, ob öpper dunger syg. Nei, d Luft isch suber. Er isch uf e drittungerscht Stägetritt ghocket, het der Läbchuechen us der Täsche gchnüblet un e ghörige Bys abtromet. Herrlech! Fritz het fasch d Ouge verdrääit vor Wöhli u d Wält um sech ume vergässe.

«So – wi gschmöckt der das gstolene Züüg?»

Fritz het ab der Stimm, wo da ungereinisch obenabe tönt het, fasch e Härzschlag übercho, u der Bitz Läbchuechen isch ihm schier im Hals blybe stecke. Duuche het er der Chopf ddrääit u über d Achsle obsi gluegt. Oben a der Stägen isch Mässerli Rüedu gstangen u het dräckig glachet.

Mässerli Rüedu – er isch i di glychi Klass ggange wi Fritz. En ungermääsige, dychigen u gschliferige Kärli, wo geng derfür z ha isch gsi, für emne angere es Bei fürzha. Er isch a der Chramgass obe deheime gsi u het's grad wi sy Mueter ordeli hööch im Chopf gha. Kei Wunger, als Suhn vom ne Bundesbeamte. Dass er chuum Fründe gha het, isch nid nume wäge syr Hochnäsegi gsi. Er isch äben o verdrääit gsi, erger als e Sack Geissehörner.

U dä Mässerli Rüedu het vori Nydegger Fritz gseh us der Beckerei usecho u d Louben ab loufe. Er hätti sech däm nid wyter gachtet, we dä nid ungereinisch im ne Chällerygang verschwunde wär. Da isch Rüedu gwungerig worden u isch ihm nachegschliche. Won er da gseh het, dass Fritz am ne Läbchuechen umechöiet, u derzue no im Versteckte, da het er sech gseit, öppis syg da nid ganz kouscher. Dä Nydeggerli verma doch nid e Läbchueche z choufe! Het er dä amänd...?

Mässerli het nid lang gwärweiset. Di Sach isch doch so klar wi Wurschtsuppe.

«Wo hesch dä Läbchueche gmugget? – Bim Schluep obe?»

Fritz het keis Wort fürebbracht. Wohär weiss jitz der Rüedu...? Het er ne gseh im Laden inne? Dä hingäge het nid lugg gla:

«Hü, gi mer o ne Bitz, süsch gahn i zum Schluep!»

«Nei!» isch es Fritz etwütscht, un im erschte Chlupf inne het er der Räschte vom Läbchueche, no fasch d Helfti, em Rüedu häregha. Dä het ne gno, drybbissen u gchöiet. U ab däm Chöien isch ihm e tüüflische Gedanke cho. Won er der Räschte abegschlückt het gha, het er mit emne verschlagene Grinse gmeint:

«Cheibeguet – schmöckt nach no meh! I bi kei Uhung – we du es Gleich tuesch, sägen i niemerem öppis. Aber du muesch mer derfür o so ne Läbchueche bsorge, aber e grosse, hesch verstange!»

Fritz het nen erchlüpft aagluegt:

«Aber – i cha doch nid…» het er gstaglet.

«Was, i cha nid! – Däich wou chasch. We du scho ne chlyne gmugget hesch, chasch doch grad so guet e grosse stibitze. Du hesch jitz d Weli: Entwäder bsorgisch mer e Läbchueche – oder i gah zum Schluep – oder sogar zum Leischt!»

Jitz het sech Fritz chly bchymet gha u sech gluegt z wehre:

«Aber du hesch doch Sackgäld gnue, für ne…»

«Däich wou han i», het Rüedu schreeg glachet. «Aber das bruuchen i für angeri Ruschtig. John-Kling-Heftli u Western. U derzue – e gmuggete Läbchueche isch doch öppis ganz angers weder e gchoufte!»

Jitz isch im Fritz en unghüüri Töibi ufgstige. Er isch zwar nid eine gsi, wo grad drygschlage het. Aber jitz het er eifach rot gseh, un er het nid lang überleit, ob es öppis batti u ob er dermit Rüedu cha zum Schwyge bringe. Er het im Ougeblick numen eis wöue: mit der Pfuuscht zmitts i das dräckige Lachen yneschla. Aber bis er ufgsprunge isch gsi, isch Mässerli scho d Gass uuf dervotechlet. Dä himutruurig Feigling!

Fritz het sy Komissionetäsche gno u isch heitschirgget. Mit unghüür trüebe Gedanke het er a der Sach umegchöiet. Warum het er ömu o dä Läbchueche müesse stäle! Er hätt doch söue wüsse, dass me so öppis nid macht. U jitz? Jitz het er der Dräck! Jitz isch er e

Schelm! U Mässerli Rüedu weiss das u drööit ihm mit Verrätsche. Vor däm het Fritz unerchannt Angscht gha.

Vo däm Ougeblick aa het ne di Angscht nümme losgla. Si isch da gsi, chuum dass er am Morge rächt wach isch gsi, si isch ihm i der Schuel im Äcke ghocket, un am Aabe, wen er i ds Bett gschloffen isch, de isch si näben ihm gläge, i der Fyschteri uf ne ufegschnaagget u het ne chuum der Aate la zie. Fritz isch es eländ zmuet gsi wi no chuum einisch i sym Läbe.

Es paar Tag später hei si i der Schuel e Wienachtsgschicht gläse. «Zwölfischlägels Weihnachtsfeier» vom Simon Gfeller. Wo si zu der Stell sy cho, wo dä Zwölfischlägel, en alte Vagabund, vom Chrischtchind e Läbchuechen übercho het, da het Fritz ungereinisch gspürt, dass ne Mässerli Rüedu aaluegt. Er het hübscheli der Chopf ddrääit u zu däm übere gschilet. Rüedu het ds Gsicht zum ne schreege Grinse verzogen u derzue mit em einten Oug bblinzlet. Fritz het gwüsst, was das bedütet.

Uf einisch isch ihm öppis dür e Chopf gschosse. Herrschaft, er het doch o öppis i de Häng gäge dä Rüedu. Er het dä ja vor öppe vierzäh Tag verwütscht, win er i der Pousen im Lehrerpult gnuuschet u dert d Uflösige vo der Rächnigsprob vom angere Tag abgschribe het. Vo der Prob, wo für d Zügnisnote zellt het. U Mässerli het e gueti Note nötig gha, scho wäg em Übertritt i d Sek im Früelig. Im Rächnen isch er nämlech e Niete gsi wi chuum eine. Fritz het denn nüüt derglyche ta. Em Rüedu sy Rächnigsnoten isch ihm nämlech pfyfeglych gsi. Hingäge jitz…

Er het nid lang gwärweiset. Nach de viere het er Mässerli gluegt z stelle. Aber dä isch scho gäge hei trabet gsi, u Fritz het nen ersch a der Chramgass obe vor der Hustür ygholt. Er het nen am Ermu packt, gschüttlet u ne aagruuret:

«So, jitz chunsch i my Schmitte, du schlächte Cheib! We du meinsch...»

Wyter isch er nid cho. Ungereinisch isch nämlech d Hustür ufggangen u Rüedus Mueter isch usecho. Wo die gseh het, dass eine ihre Bueb wott i d Hüple näh, isch si derzwüschegfahre:

«Wosch du sofort my Bueb losla, du Süchu! – Eh du myn Gott, Ruedeli, het er der weh ta? Was wott dä überhoupt vo dir?»

Jitz het Rüedu wider Oberluft gha. U dä het er uf ne truuregi Art usgnützt. Mit ere Grännistimm het er gweeberet:

«I ha der Nydeggerli verwütscht, win er bim Schluep e Läbchueche gstole het, u jitz het er mer o eine versproche, wen i schwygi – süsch wöu er mer der Gring verschla – aber i cha doch nid...»

D Frou Mässerli het di verlogene Sprüch vo ihrem Ruedeli für bari Münze gno. Ihre Bueb lügt doch nid. Aber dä anger da, dä Schelm... Si isch wi ne Stächvogu uf e Fritz los, het nen am Arm packt u ne aaghässelet:

«Wart, i wüu dir, du Schnuderi! Jitz gange mir grad zu däm Schluep übere u säge däm, was Gattigs. Dä wird dir de d Ohre scho läng zie!»

Gäge di Frou het sech Fritz nid chönne wehre. U so isch er wi ne arme Sünder a d Metzgergass übere gschleipft worde. Rüedu es paar Schritt hingernache, uf em Gsicht wider sys dräckige Lache.

Der Beckermeischter Schluep het nid schlächt gstuunet, wo da e frömdi Frou mit Nydegger Fritz am Ermu i Laden yne trappet isch u ohni lang z grüesse das uspackt het, wo si vo ihrem Ruedeli ghöört het gha. Schluep het ab em Zuelose d Ougsbraue glüpft u süüferli der Chopf gschüttlet. Dass der Fritz söu gstole ha, het ihm eigetlech nid so rächt ynewöue. U doch, wen er sech bsunne het, wi dä Bueb vor paarne Tage so duuchen isch gsi, u we me weiss, wi armselig die deheime düremüesse, chönnt es scho müglech sy, dass er sech en Ougeblick vergässe u öppis gmacht het, won er nid hätt söue. Wahrschynlech het er i sym Läbe no nie e Läbchueche gha. U de gseht er ungereinisch e ganzi Bygete vor sech, un es isch grad niemer ume… Eigetlech fasch begryflech. Aber söu me ne jitz wäge däm zum Schelm stämple u ne bim Lehrer verchlage, wi di Frou da meint? Jitz, es paar Tag vor Wienacht, we dä Bueb doch süsch scho keis gfreuts Fescht het!

Won er Fritz wi nes Hüüfeli Eländ da het gseh stah, het er es unghüüirs Beduure mit ihm gspürt u glychzytig e ghöregi Töibi über di Frou u deren ihre Bueb übercho. U mit däm Beduuren isch ihm e Gedanke cho, win er däm Fritz chönnti hälfe, o we dä jitz öppis glätzget het. Nei, u no einisch nei, dä bruucht jitz nid e stränge Richter, er bruucht öpper, won ihm hilft. Da cha jitz das Wybervolch grad chifle, win es wott!

Schluep het e gääien Aatezug ta u der anger Bueb gfragt:

«Hesch du gseh, dass Fritz dä Läbchueche gstole het?»

Uf di räässi Frag het Rüedu der Chopf yzoge. Er isch so erchlüpft, dass ihm ohni z wöue d Wahrheit usegrütscht isch:

«... nei – aber won i Fridu ha gseh e Läbchuechen äs25e, han i ddänkt, er heig dä...»

«So, hesch ddänkt! De hesch äbe lätz ddänkt! U Dir heit o nid vor d Nasen use ddänkt u eifach ggloubt, was Euch Eue Sprösslig vorghornet het – nei, jitz reden ig!» het er gääi gseit, wo d Frou Mässerli öppis het wöue säge. «U jitz loset beidi guet zue, i säge's numen einisch: Du, Bürschteli, muesch nid Sache ga verzapfe, wo du überhoupt nid gseh u numen us de Finger gsoge hesch! U Dir söttet weiss Gott alt u gschyd gnue sy, für nid uf settigs dumms Gschwätz vo däm Glünggi z lose! U wäge däm Läbchueche – dä han i em Fritz gschänkt. Warum, isch my Sach. Gschänkt, heit Dir verstange? U we jitz no öpper wyter wott bhoupte, dä Läbchueche syg gstole, so het er's de mit mir z tüe! U das chönnt de unagnähm wärde. Meh han i nid z säge. U jitz chöit Dir gah, i ma nech nümme gseh. – Nei, Fritz, du blybsch no en Ougeblick da.»

Wo d Frou Mässerli mit ihrem Bueb zum Laden uus isch gsi, si mit emne beleidigete Gsicht u der Bueb mit offenem Muu, het der Schluep gmüetlech gmeint:

«So, jitz isch d Stube suber.»

Er isch hinger em Ladetisch fürecho u het em Fritz d Hang uf d Achsle gleit. Dä het ne schüüch aagluegt u ändlech fürebbroosmet:

«... aber – warum heit Dir – i ha doch dä...»

«Muesch nüüt säge, Bueb – aber so öppis machsch nümme. Versprichsch mer das?»

Fritz het ungereinisch es Wörggen im Hals gspürt. Er het numen es «Mhm» füreddrückt, der Beckermeischter mit füechten Ougen aagluegt u du ärschtig gnickt. Em Schluep isch dä Blick wyt yne ggange, un er hätt däm Bueb gärn e Freud gmacht. Aber wie? Da isch ihm e Gedanke cho:

«Los, Fritz, i chönnt eigetlech e Wucheplatzbueb bruuche. Wettisch cho?»

Fritz het ne schier uglöibig aagluegt, un er het wider numen es «Mhm» la ghööre. Säge het er nüüt chönne.

«Schön», het der Beckermeischter zfride gseit, «de chunsch morn nach der Schuel dahäre. U jitz gang hei, süsch angschtet de dy Mueter no. U wäge der Sach – das blybt de unger üüs.»

Fritz het d Ladetür scho ufgmacht gha, da het ne der Schluep no einisch zrügg grüeft:

«Lueg, da isch no öppis zur Wienacht – u da darfsch de mit guetem Gwüsse drybysse.»

Er het ihm zwee Läbchüeche häregha, aber de nid öppe nume chlyni, nei, vo de ganz grosse.

«Der anger isch de für dys Schwöschterli, i gloube, das het o Freud dranne. U jitz louf, Bueb.»

Fritz isch d Metzgergass ab gloffen u het geng no nid rächt gchopfet gha, was eigetlech gscheh isch. Wen er nid di zwee Läbchüechen i de Häng hätt gha, so hätt er wahrschynlech ggloubt, er heigi di ganzi Gschicht nume troumet. Aber si isch wahr. U gly isch Wienacht – un är het zwee Läbchüechen u ersch no ne Wucheplatz. We das nid es wunderprächtigs Gschänk isch…

I der Beckerei oben isch der Schluep unger der Ladetür gstangen u het däm Bueb nachegluegt. O är het es ganz eigeligs Gfüel i der Bruscht gha. Un er het gspürt, dass es mängisch nume ganz weeni bruucht, für ne angere Mönsch glücklech z mache: chly Güeti, Verständnis u Vertroue. U dass me da derby sälber glücklech wird.

Der Donnerbalke

Das Gschichtli het mer vor mängem Jahr my Vatter verzellt. Er het's als junge Soldat i eim vo syne Widerholiger aafangs de Zwänzgerjahr erläbt, im ne Dienscht, won är als Tambour bi nere Infanteriekompanie gmacht het.

Si sy denn nöime im ne Chrachen im Ämmital gsi, wältabgläge, dass numen öppis. Ungerkunft hei si i paarne Schüürli u Schoberli gha, eifach, dass nüüt eso, u mit emne Dürzug, dass me fasch het müesse ds Strou aabinge. U de het äbe zu dene Kantonemänt no das Ygricht ghört, won es eifach bruucht, we men einisch mues ga der Rügge schnütze. E Latrine, win es zgrächtem heisst. Für dass me di Düft, wo so zu nere Latrine ghööre, nid z starch schmöcki, het me se guet hundert Meter wyt i Wald yne hinger dicks Ungerholz verleit gha. Di ganzi Sach isch zimli eifach gsi. En öppe vier bis füf Meter längi Grabe, guet e halbe Meter breit u fasch eine tief. Vor zueche sy a beidnen Ändi zwöi ghöregi Schwirli ygschlage gsi, u a dene isch öppen i Chnöihöchi es suber gschuntes Tannestämmli dragnaglet gsi.

Däm Tannli het me nume der Donnerbalke gseit. Da druffe het me meh oder weniger gmüetlech chönne höckle, ds südleche Rüggenändi über e Grabe hänken u das nötige Gschäft erledige. Weder das Ganzen isch meh oder weniger geng chly ne Glychgwichtsüebig gsi, u me het müessen ufpasse, dass me nid öppe ds Übergwicht nach hinger übercho het. Aber es isch trotzdäm geng no gäbiger gsi, weder we me da grüpplige hätt müesse fuerwärche. Jede zwöite Tag isch de eine abkomandiert worde u het müesse Chlorchalch über di Dräckbärge gheie. Vo wäge der Hygiene! Nüüt für uguet, wen i das so usfüerlech säge, aber es ghöört äbe zu der Gschicht.

Es isch i der erschte Wuche vom Widerholiger gsi, am ne Spätnamittag öppis vor de sächse. Di Däätle sy nahdisnah mit em innere Dienscht z Änd gsi u i chlyneren u grössere Tschuppele vor em einte Kantonemänt umegstange. Am sächsi isch ds Houptverläse nache gsi, dernah ds Nachtässe u nachhär de der Usgang. Numen äbe, mit däm Usgang isch es nid wyt här gsi. Ds nächschte Beizli isch guet e Halbstung wyt wäg gsi, nume chly, u de isch gly einisch es ordelige Ddrück drinne gsi. Aber me isch einewääg ggange, het sech chly glitten u gwartet. So bis gäg den achte isch me de scho zu sym Fläschli Bier, emne Zwöierli Roten oder zum ne Ggaffee cho.

Item. Es paar Minute vor de sächsen isch der Fäldweibu erschine u het i ds allgemeine Glafer sys chärnige «Kompanie Sammlung!» ynepängglet. Di Däätle hei d Häng zu de Hoseseck usgno u sy meh oder weniger gmüetlech dert häre trappet, wo der erscht, zwöit oder dritt Zug het söue stah. Nahdisnah het es drei Viererkolone ggä, d Füerer rächts sy drumume gsuret u hei ihri Manne zellt. Es isch geng öppe ds Glyche gsi: vier Maa Wach, zwee i der Chuchi u vilecht no eine chrank.

Ungereinisch isch der Wachmeischter Stähli vom dritte Zug närvös worde.

Scho zum dritte Mal het er syner Lüt zellt, die vo der Wach u Chuchi derzuegno u mit em Gsamtstand vergliche. U de geng wider der Chopf gschüttlet:

«Stäcketööri, es fählt mer eifach eine! Sächsezwänzg aawäsend, zwee i der Chuchi u vier uf der Wach, git nach Stübis Rächnigsbüechli eifach nume zwöiedryssg – un i sött dreiedryssg ha. Wele fählt?»

E jede het der anger aagluegt, u ändlech het eine gmeint:

«Der Aeschbacher isch nid da!»

Der Aeschbacher! Usgrächnet der Gfreiten Aeschbacher isch nid am Houptverläse! Wen es jitz öppe no der Stucki wär, dä Houderidou, wo geng öppe macht, was verbotten isch, bi däm chönnt me's amänd no begryfe, dass er einisch ds Houptverläse verlaueret. Aber nid der Aeschbacher! Dä isch e stille, zueverlässige Mändu, wo alli guet möge lyde, u me het fasch chönne d Uhr nach ihm richte. U jitz isch dä nid da!

«Wär het ne zletscht gseh?» het jitz der Wachmeischter Stähli gfragt. Es grosses Wärweisen isch losggange. Eine het sech du zletschtamänd bsunne, dass er der Aeschbacher hinger em Kantonemänt heig gseh d Schue putze. U zwee anger hei ne näbe sech am hölzige Wäschtrog gseh, win er sech gwäschen u rasiert het.

Ungerdessen isch der Houpme mit em ganze Rösslispiil aatrabet gsi. Er het scho zwöi- oder drümal uf d Uhr gluegt u ändlech der Fäldweibu gfragt:

«Was isch mit em Houptverläse?»

Dä het schier e rote Chopf übercho, won er chly verläge fürebbroosmet het:

«Es fählt ei Maa, Herr Houpme.» Wele Fäldweibu git scho gärn zue, dass i syr Kompanie e Maa verloreggangen isch!

«Wird nid sy!» het der Houpme erstuunet umeggä. «U wär isch das?»

«Der Gfreiten Aeschbacher, Herr Houpme.»

E bärbyssigeren Offizier hätti jitz vilecht aafa füürtüflen u vo Souornig u fählender Disziplin bbrüelet. Aber nid der Houpme Chäser. Er isch e verständigen u zimli guetmüetige Maa gsi, vilecht fasch chly öppis Sälteners unger Offizier. Er isch nid gleitig ab öppisem erchlüpft. Er isch bi syne Lüt höch gachtet gsi, si wären alli dür ds Füür ggange für ne. Umgchehrt het er syner Soldate prezys so gschetzt, u jeden isch für ihn e Mönsch gsi u nid numen e Maa in ere Uniform. Drum het er ds Fähle vom ne Maa am Houptverläse nid uf di liechti Achsle gno, aber o nid grad e Staatsaffäre drus gmacht. Wen eine fählt, u de no grad der Gfreiten Aeschbacher, de isch da öppis angers derhinger weder nume grad Liederlechkeit! Da mues öppis Cheibs gscheh sy.

Er isch sälber zum dritte Zug überen u het sech la brichte, was men über ds Verschwinde vom Aeschbacher gwüsst u wär ne zletscht gseh het. U da isch du uf einisch eim i Sinn cho, dass er der Aeschbacher öppen am Viertu vor sächsi im Wald heig gseh verschwinde. Richtig Latrine.

«O je», het da der Fäldweibu gmeint, «het dä arm Kärli öppe der Tuttsuiter u cha nid abchlemme?»

«Schicket eine ga luege, Fäldweibu!» het der Houpme däm Wärweisen es Änd gmacht. Dä het das aber gar nümme bruuche z befäle. Der Wänger vom dritte Zug isch scho gäge Wald zue trabet u dert uf em ustrappete schmale Wägli verschwunde. Er het ordeli müessen ufpasse, dass er bim Pressiere nid etschlipft. Es het i de letschte Tage ghörig grägnet gha u der Waldboden isch zimli ufgweicht gsi. Vo den Escht sy geng no grossi Tröpf abegheit. Wo der Wänger gäge d Latrine cho isch, het er scho vo wytem zwüsche de Böim düre gluegt, ob er eine dert gseei hocke. Aber der Donnerbalken isch lääer gsi.

Wänger het scho wider wöuen umchehre, da het es ne ddüecht, er gseei am ne Boum öppis hange. Er isch es paar Schritt neecher ggange, u richtig, chly näb em Donnerbalke isch am nen abbrochenen Ascht es Wafferöckli ghanget. Uf em einten Ermu het er d Gfreiteschnuer mögen erchenne. Em Aeschbacher sys Chitteli! Aber wo isch de dä? Der Füsilier Wänger isch süüferli neecher trappet. Di Sach isch ihm nümme ganz kouscher vorcho. Schliesslech isch er vor däm Donnerbalke gstangen u het i Graben abegluegt.

«E du verbrönnte Cheib!» isch es ihm etwütscht. Er het synen Ouge chuum trouet. Der Aeschbacher isch rüggligen im Graben unger gläge, wi ne Meiechäfer, wo uf e Rügge troolet isch. Weder er het meh Gattig nach emne Mischtchäfer gmacht. Wi ne Flöigen uf em Flöigelym isch er i däm gruusige Teig glägen u het alli Vieri vo sech gstreckt. D Ouge het er zue gha, un er het nume no müesam gchychet. Im Gsicht isch er meh grüen weder nume bleich gsi. Jitz het er für nen Ougeblick d Ougsdechle glüpft, der Wänger aagluegt u nachhär mit erstickter Stimm gchüschelet:

«... z Hülf...» Meh het er nid usebbracht. Gloub der Gugger wou. I däm Gstank vo Ammoniak u Chlor mues ja der sterchscht Maa schier zgrund gah!

Jitz isch Läben i Füsilier Wänger cho:

«Numen e Ougeblick, Aeschbacher – i hole di angere!» Das säge, umchehren u dervorennen isch eis gsi. Usser Aaten isch er uf em Houptverläseplatz aacho, u nume chychig het er chönne Bscheid gä:

«... der Aeschbacher ligt – halbtot – im Lütt – u cha nid use...»

Wou, das het di Mannen ufgchlüpft. Wi ne ufgschüüchte Beijischwarm isch di ganzi Kompanie em Wald zue trabet. Weder em Houpme sy luti, aber rüejegi Stimm het se möge zrüggha:

«Halt! Alles zäme zrügg!» het er befole. «Es bruucht weiss Gott nid di ganzi Kompanie wöue z hälfe. Fäldweibu, nämet es Halbdotze Maa. Meh bruucht es nid. De es paar Schuflen u Seili, un e alti Dechi chönnt o nid schade. U de lueget, dass dir dä arm Kärli so gleitig wi müglech us däm Dräck use bringet! – Fourier, ganget i d Chuchi. Der Chuchichef söu sofort heisses Wasser zwägmache. U de bsorget e grosse Züber, es wird wou so öppis ha i der Chuchi. I ha ds Gfüel, der Aeschbacher heig de es Bad nötig.»

So tifig isch im ganze Widerholiger nie Material zwäggmacht worde wi jitz. Der Fäldweibu het mit syne Lüt churzum gäge Wald chönnen abtrabe. Der Räschte vo der Kompanie isch mit den Offizier u Ungeroffizier zimli ungeduldig zrügg bblibe. Es wäre doch alli gärn ga hälfe, u das nid numen us Gwunger, nei, der Aeschbacher het se eifach dduuret. Nume der Herr Houpme isch em Rettigstrüppli nachen u o im Wald verschwunde. Sys Verantwortigsgfüel het ihm gseit, är ghööri eifach o derthäre, Latrinegstank hin oder här!

Es isch gar nid so eifach gsi, dä Aeschbacher us däm Latrinegraben use z hole. Me het ja chuum öpperem chönne zuemuete, o no i dä Dräck abe z stah. Drum het me gluegt, mit Seili z Schlag z cho. Es isch aber zletschtamänd glych nachzuechen e Viertustung ggange, bis me mit Pyschten u Sperze, mit Schryssen u Chnorze dä Maa uf em Trochene het gha, oder besser gseit, uf em füechte, aber doch nume härdige Waldbode. Gstunke het er wi d Pescht! Won er du afen es Rüngli a der früsche Luft glägen isch, het er sech chly bchymet.

«Los, hälfet em Aeschbacher us de Chleider!» het der Houpme befole. «U de wird di ganzi Ruschtig rübis u stübis verbrönnt. Di Dräckhudle no z wäsche het gar kei Wärt. – Kei Angscht, Gfreite», het er zu däm gmacht, wo dä uf di Wort vom Houpme zimli erchlüpft ufgluegt het, «kei Angscht, mir staffieren Euch vo zoberscht bis zungerscht neu uus, da bin ig Ech guet derfür!»

Jitz het der Aeschbacher aagfange, sech us dene verchaarete Chleider use z zwänge. Es paar hei wöue hälfe. Aber er het abgwunke:

«Nei, i chumen elei zu dene Hudlen uus. Es isch nid nötig, dass sech no angeri versoue!» Es isch nid lang ggange, so isch er dagstange, wi ne der Herrgott gschaffe het gha, u d Chleider mit der Ungerwösch, de Socken u Schue sy am ne Huufe gläge. Der Aeschbacher het no ds Portmenee us der Füdletäsche vo de Hose use gchnorzet:

«Es isch no es Zwänzgernötli u öppis Münz drinne», het er verläge glachet, wo di angere däm Manöver chly erstuunet zuegluegt hei, «u der Gäldsack isch o no zimli neu.»

Der Houpme het ungerdessen eine zum Kantonemänt gschickt, für ne Channe Petrol oder Bänzin z hole u de em Chuchichef no z säge, er söu der Züber mit em warme Wasser u ordeli Seife zwägmache. Derwyle het der Aeschbacher di alti Dechi um sech glyret, u nachhär sy alli ds ustschirggete Wägli füren am Kantonemänt zue gjogglet. Vorab der Houpme, de der Fäldweibu, nachhär, yglyret wi ne Beduin, der Aeschbacher u zletscht, es ordeligs Stück hingerdry, der Räschte Manne. Wäg em Gstank! Eine het no ds Wafferöckli vom Gfreiten unger em Arm treit. Das isch ja nid verchaaret gsi, u me het's no chönne bruuche. Zwe Däätle sy no bi der Latrine zrüggbblibe. Als «Verbrönnigsdetachemänt», wi der Houpme gseit het.

Uf em Houptverläseplatz isch du würklech e grosse Züber mit warmem Wasser zwäggstange, u dert drinne het der Aeschbacher vor der ganze Kompanie es Bad gno, won ihm wou ta het, wi wahrschynlech syr Läbtig no keis! Un im Wald hinger isch derwylen e grossi Rouchwulche zwüsche de Tannen ufgstige.

«Fäldweibu», het sech jitz der Houpme wider la ghööre, «i gloube, mir chönne hüt uf ds Houptverläse verzichte. Jitz, wo mir der Aeschbacher gfunge hei, fählt ja keine meh. Schicket d Kompanie zum Nachtässe!» Nachhär isch er zum Züber übere, wo der Gfreite griblet u grabset het, dass der Seifeschuum nume so desumegflogen isch:

«Dir chönnet de nachhär i der Chuchi ga ässe. U morn mäldet Dir Euch de im Kompaniebüro – wäge de Chleider.»

Er het Wort ghalte, der Herr Houpme. Am angere Tag het der Aeschbacher zäme mit em Fäldweibu i ds nächschte Züghuus chönne gah, für ne neui Montur z fasse. Dernah si di zwee im Stedtli no i nes Paar Läde ggange, für das z choufe, wo men im Züghuus nid übercho het: Hemli, Ungerwösch u Socke. U zletscht sy si zäme no eis ga ha.

«Du muesch doch sicher no dä cheibe Souguu abeschwänke. Ömu i ha dä Gstank geng no i der Nase!» het der Fäldweibu gseit, won er im Bahnhofbeizli zwöi Ggaffee Schnaps u hingerdry no zwöi Chrütter bstellt het. U zalt het er se o.

Am Aabe druuf, wo der Fourier em Houpme d Rächnig vo Aeschbachers Chleiderchouf unger d Nase gha u ne gfragt het, wi das z verbueche syg, het dä glächlet u gmeint:

«Lööt das nume my Chummer la sy. I finge de der Rank scho, dass ds Militärdepartemänt keiner Schnäggetänz macht. Gäbet mer di Rächnig.»

Ungerdesse het me du o verno gha, wi Aeschbachers Ungfehl eigetlech gscheh isch. Dä het denn a däm Aabe no wöue ga ne Kaktus setze, es hätt no grad gäbig glängt vor em Houptverläse. Bi der Latrine het er sys Chitteli a ne Aschtstumpe ghänkt, handtli d Hosen abeglaa u isch uf e Donnerbalke ggogeret. U wüu's äben i de letschte Tagen ordeli grägnet het gha, isch der Bode vorzueche gschliferig gsi. Won er, so guet es ggangen isch, sech gmüetlech het wöue sädle, het er schier ds Übergwicht nach hinger übercho. We jitz der Bode troche wär gsi, so hätt er ohni wyters mit beidne Füess chönne verstelle. Weder äbe, i däm glitschige Härd hei o di gnaglete Schue kei Hebi gfunge, u Aeschbacher isch, nei, äbe nid chopfvoraa, derfür mit em Hingere voraa ab däm Donnerbalke gfloge. Schön rügglige i dä Pfludi vo der ganze Kompanie yne! Er isch wenigschtens weich gheit. Zersch het er gluegt ufzstah u drus use z cho. Aber je meh dass er gfuerwärchet het, descht erger isch er drinne blybe chläbe. Jitz het er aafa um Hilf rüefe, aber das het me bim Kantonemänt vorne nid möge ghööre. U wär hät sech dert scho so öppisem gachtet? Derzue isch em Aeschbacher der Schnuuf zum Brüele no gly einisch usggange, un er isch fasch erstickt i däm Gstank inne. Dummerwys isch o keine vo den angere Däätle meh derhärcho. Die hei dänk alli no vor em innere Dienscht ihri Gschäft verrichtet gha. Eis oder zwöi Mal het Aeschbacher no einisch alli Chraft zämegno u so lut wi müglech bbrüelet. Aber es het nüüt bbattet, es isch niemer cho. So het er sech scho fasch dermit abgfunge, i däm Dräck eländ z verräble!

Win es wytergggangen isch, han i scho bbrichtet. Hingäge het du der Houpme gfunge, so öppis dörfi nümme gscheh, un em Fäldweibu befole, derfür z sorge, dass der Donnerbalke absturzsicher wärdi. Dä het du vor düren es Seili la spanne wo me sech dranne het chönne häbe. Un am nächschte Houptverläse isch e neue Befähl usecho. Der Herr Houpme het ne sälber bekannt ggä:

«Ab sofort het sech jede, wo uf em Donnerbalke hocket, a däm Seili z häbe. Es isch wi bim Velofahre: Freihändele isch verbotte!»

Sächs-Minute-Gschichte

Bärner Platte

Schneebärgers sy hüt wider einisch an ere Grebt ghocket. Hüür scho a der dritte, u derby isch es ersch Meie gsi. Im «Chrüz» z Vechige. Der tüür Verstorbnig isch ne zwar so wyt wäg verwandt gsi, dass me chuum meh vo Verwandtschaft het chönne rede. Weder das het Schneebärgers nüüt gstört. We si nume d Bei hei chönnen unger ne Wirtshuustisch strecke u i sech yneschufle, dass d Schwarte chrache. Dass me derwäge eim oder zwöi Dotze Lüt, wo me chuum rächt oder überhoupt nid kennt, mues d Hang schüttle u mit emne truurige, aber treuhärzige Ougenufschlag öppis vo Byleid hüüchlet, cha me unger dene Umständ ganz guet i Chouf näh.

Di beide hei zmingscht scho di zwöiti oder dritti Tällerete, u de nid öppe chlyni, i sech yne gschoppet gha, u der Schweiss isch ne i dicke Tröpf uf de Stirne gstange. Weder wen es Bärner Platte git, de lohnt es sech scho, chly ynezlige. Weniger wäge de Bohne u de Härdöpfle, derfür umso meh wäg em Gröikte, em Späck u de Würscht.

Aber einisch het o der gröscht Frässack gnue u bringt nüüt meh abe. Mit emne unerchannt länge Blick uf d Platte, won es geng no ordeli Ruschtig druffe het gha – d Wirti het geng für Nachschueb gsorget –, het d Frou Schneebärger zu ihrem Maa gseit:

«Es isch mytüüri schad für das Züüg, wo me mues la sy. Aber i ma weiss Gott nümme!»

Schneebärger het o pyschtet:

«Es geit mer o so. Aber es reut mi unerchannt!»

«We me numen öppis chönnt heinäh – das gäbti no es paar währschafti Mittagässe.» D Frou Schneebärger het wehlydig uf das Fleisch gluegt.

«Ja», het är umeggä. «Nume geit das nid guet – was würde o di angere säge...»

Ungereinisch isch ihm e Gedanke dür e Chopf gschosse. Heinäh! Natürlech cha me das. Me mues nume wüsse, wie aagattige. Er het sy Frou gmüpft:

«Nimm no einisch use. Aber ghörig! U müglechscht nume Fleisch. U nachhär laasch mi la mache. I weiss, wi mir di Ruschtig chönne heinäh, ohni dass öpper öppis derwider cha ha!»

Sy Frou het ne nume läng aagluegt, d Achsle glüpft u du ihres Täller wider gfüllt. O der Schneebärger het no einisch e ghöregi Ladig usegno. Nume Fleisch. Nachhär het er zum Exgüsee chly dert dranne umegschnäflet un es Bitzeli i ds Muu gschoppet. U wo d Serviertochter wider hinger ihm düregloffen isch, het er se zuechegrüeft u mit emne vertrouleche Lächle gmeint:

«Loset einisch – mir möge das Fleisch nümme. Würdet Dir üüs das ypacke? I wett's heinäh für üse Hung. – Es isch ja einewääg zalt.»

D Serviertochter het zersch chly erstuunet gluegt u ddänkt, es gäb scho afen allergattig Lüt – weder zletschtamänd chönni das ihre ja glych sy. Si het di beide Täller gno u isch dermit i der Chuchi verschwunde.

Jitz isch d Frou Schneebärger ersch nachecho. Mit emne schreege Lächle het si lyslig zu ihrem Maa gmeint:

«Was dir ömu o geng i Sinn chunnt! I ha gar nid gwüsst, dass mir e Hung hei. Weder di Idee isch nid schlächt. Für di nächschte Tage hei mer ömu de Fleisch gnue!»

Es isch es Chehrli ggange, u du isch d Wirti grad sälber derhärcho. Si het em Schneebärger es ghörigs Pack, zmingscht so gross wi ne Vierpfünder u i ne Zytig yglyret, uf e Tisch gleit u gseit:

«I han Ech da grad chly meh. Es het no Gchröös, Lungen un es paar Chnoche derby. Vilecht nümme grad bsungers früsch. Es rächelet afen e chly.»

Schneebärgers hei d Wirti mit offene Müler verdatteret aagluegt.

«He ja», het die gmeint, «üse Bläss het i de letschte Tage nid rächt möge frässe, u drum han i das, wo no i sym Frässgschir isch gsi, o no grad derzue ta. Weder Eue Hung het sicher Freud dranne!»

Unger ufe – obe abe

Freileitigsmonteure hei e strängi Läbtig. Es isch füraa e herti Sach, bi jedem Wätter mit de Stygysen uf ne Leitigsstangen ufezstyge u dert obe z wärche. Un es isch unerchannt gnietig. Me cha nid eifach vo eim Bei uf ds angere stah, derzue mues me luege, dass me mit em Wärchzüüg z Rank chunnt. Me cha d Bysszange oder der Hammer nid eifach ablege. Me mues das Züüg i Sack oder i Gurt stecke, u wen eim einisch öppis us de Häng gheit, isch es nid mit Ufhäbe gmacht. Nei, me mues abechlättere u de wider ufe. U bin ere acht, zäh oder sogar zwölf Meter höche Stange hänkt das ghörig aa...

Im Summer ma das Wärchen i der Höchi obe no gah, hingägen im Winter chan es de e leidi Sach sy. Am Boden unger cha me sech öppe no chly drääien u der Byse der Rügge zuechehre. Aber uf der Stangen obe geit das chuum, u de chan es eim de wüescht i ds Gsicht wääie. Wi gseit, e herti Arbeit, un es isch jede froh, wen er wider feschte Boden unger de Füess het.

Der Monteur Wänger isch im Marzili nide mit es paarne angere uf de Stangen obe gsi. Si hei neui Dräht – d Monteure rede zwar geng vo Fäde – zoge gha u hei jitz d Abbünd gmacht. Mit angerne Wort, si hei di dicke Freileitigsdräht mit emne dünnere Draht a den Isolatore aabbunge. En Arbeit, wo ganz guet mues gmacht wärde. Nid dass di Leitig scho bim nächschte ruuche Luft abegchuttet wird.

Mit gschickte Häng het Wänger der dünn Draht um ds einte Troom vom Leitigsdraht glyret u ne de drümal um e Isolator zoge. Nachhär het er am angere Troom wyterglyret. Schön ei Umgang näb em angere. Di ganzi Sach mues zletschtamänd o rächt usgseh. Nid nume so hüscht u hott wi ne schlächt bbungne Schuebändu. E rächte Freileitiger, wi der Wänger einen isch, het äbe sy Bruefsstolz u liferet o dert suberi Arbeit, wo me se nid so gseht!

Ungerdessen isch uf der Strass unger der Chefmonteur Zybach zuechetrappet. E naachzueche sächzgjährige Maa, wo me ender chly gschoche het. Er isch meh oder minger geng chly rumpusuurig gsi, un er isch chuum einisch uf ne Boustell cho, ohni dass er öppis hätt uszsetze gha. O we d Arbeit rächt gmacht u niemer im Hingerlig isch gsi, der Zybach het glych geng öppis z chääre gha. Kei Wunger, dass me ne lieber het gseh gah weder cho.

«Was weiss er ächt hüt wider?» het Wänger uf syr Stangen obe ddänkt, won er der Zybach het gseh cho, mit emne Surnibu wi geng. Wänger, öppen es Jahr elter als der Zybach, isch der einzig gsi, wo dä Chefmonteur nüüt gschoche het.

Di zwee hei ds Heu nid uf der glyche Büni gha. Wohär das cho isch, het niemer rächt gwüsst. U vo dene beide het keine drüber gredt. Numen eis het me gwüsst: Es hei beid zäme herti Gringe.

Wänger isch em Zybach nie en Antwort schuldig bblibe. Dä het das gwüsst u sech drum geng guet überleit, was er em Wänger seit. Scho meh weder einisch het er nämlech vo däm e Stupf a ds Schimbei übercho u ne nid chönnen umegä.

Zybach isch afen einisch um d Stangen ume trappet. Nachhär isch er es paar Schritt näbenuus, het d Häng i d Hüft gstemmt un uf di Stangen ufe gluegt. Dert oben isch der Wänger ärschtig am Wärche gsi, u was Zybach het mögen erchenne, mit der Arbeit scho ordeli wyt. Hie het er mit em beschte Wille nüüt chönne säge oder sogar Reprosche mache. Ändlech het er sech umgchehrt, isch gäge Wärchzüügwage, wo chly wyter äne am Strasserand gstangen isch, u het dert drum umen u dry yne gluegt. Aber o hie het er nüüt chönnen ussetze. Der Wänger u syner Lüt hei Ornig gha wi geng.

Zletschtamänd het der Chefmonteur no einisch uf d Stange zum Wänger ufe gluegt, u für doch no öppis z säge, het er gfragt:

«Geit's?»

Ohni näbenume z luege u ohni sy Arbeit z ungerbräche, het Wänger es mutzes «Ja» obenabe la gheie. «Dummi Frag», het er derby ddänkt, «wen es nid gieng, gsääch er's dänk scho.»

Zybach het no en Ougeblick gwärweiset, ob er no öppis söu säge, aber er het sech du umddrääit u isch dervogloffe. Es het ne unerchannt gheglet, dass er bim Wänger kei Handhebi gfunge het, für z chääre. Weder für du glych no ds letschte Wort z ha, het er nach paarne Schritt no einisch still gha un uf d Stange ufe grüeft:

«We der de fertig syt, chömet der de abe!»

Jitz het Wänger sy Arbeit doch ungerbroche u schreeg obe abe gluegt. Zersch het er afen einisch sy Tubakschigg i di angeri Backen übere tröölet, nachhär us em einte Muleggen e bruune Sprutz im ne ghörige Bogen usegspöit u du zimli hässig umeggä:

«I wüsst nöie nid, dass mir scho einisch uf ere Stangen obe übernachtet hätte!» Drufabe het er wyters a sym Draht umeglyret.

Em Zybach sys Muu isch einisch z läärem uuf u zue ggange. Aber chönne säge het er nüüt. Ersch nach paarne Aatezüg het er sech umddrääit u isch mit länge Schritte dervogloffe. Wänger u syner Manne hei ihm mit emne schreege Grinse nachegluegt.

We Zybach vo denn aa uf ne Boustell vom Wänger cho isch u dä grad uf ere Stangen obe gwärchet het, het dä geng mit emne schynheilige Gsicht obe abe grüeft:

«Was i no ha wöue säge: We mer fertig sy – söue mer de abe cho?»

Der Charakterchopf

Stucki Sami isch Chorber gsi. Oder win er öppen o gseit het, Wydlischryner. Chly näbenuus vom Dorf het er im ne chlyne Tätschhüttli ghuset u dert elei ghusaschtet. Wen er nid grad ungerwägs isch gsi für Wydli z schnyde, so isch er vor der Türe ghocket u het gchorbet. Was er nid i de Dörfer zäntume het chönne verchoufe, mit däm isch er no z Märit ggange uf Bärn yne oder uf Schwarzeburg ufe. Zwüschenyne het er o no chly uf Burehöf usghulfe, we me dert grad es Paar Häng meh het chönne bruuche. Z tüe het er geng öppe gha.

Chorber Sami, so het men ihm hie gseit, isch scho gäge de Sibezge ggange. Aber er isch no ganz rüschtig gsi, wen er scho afe vom chrumme Hocke bim Chorbe chly ne verzworgglete Rügge het gha. Im verrunzelete Gsicht hei unger de buschige Brauen es Paar läbegi Ouge fasch chly verschmitzt füregluegt. Di chuderige, graue Haar uf em Chopf hei wahrschynlech nie e Strähl z gspüren übercho. Am Morgen einisch mit zäh Finger derdüür gfahre, u scho isch Samis Frisur für e ganz Tag i der Ornig gsi.

Wo Sami ei Aabe gäg den achte em Dorf un em «Bäre» zue isch, da isch ihm der Lehrer begägnet. Si hei enanger ggrüesst. Nach paarne Schritt het Sami sech ugsinnet umddrääit un em Lehrer nachegrüeft:
«Eh – Schuelmeischter, loset einisch!»

Dä isch fasch chly erstuunet blybe stah. Was wott jitz Chorber Sami vo ihm?

«Ja, was git's Guets?»

Schier chly verläge isch Sami cho z trappe:

«Eh – i hätt öppis wöue frage», het er fürebbroosmet.

«Mi?» het der Lehrer glachet. «I weiss nid, Sami – vom Chorbe verstahn i nüüt!»

«Oh, es isch nid wäg em Chorbe. Es isch – Dir söttet mer nume säge, was es Wort bedütet.»

«Es Wort?» Der Lehrer het schier läng gluegt. «Jä, wosch öppen e Brief schrybe, Sami? Amänd e Liebesbrief? Wosch no wybe?»

«Dänk chuum öppe, i mym Alter. U derzue – bhüet mi der Herrgott vor em Wybervolch!»

«De la ghööre. Wen i cha, giben i der gärn Bscheid.»

Der Lehrer isch jitz doch schier chly gwungerig worde, was Chorber Sami ächt wott wüsse.

«Eh – es nähm mi nume wunger – aber Dir lachet mi de doch nid öppen uus, Schuelmeischter...»

«Bhüetis nei», het ne dä beruehiget. «Frage darf me geng. Es wird ja chuum öppis Uverschämts sy!»

«I gloube nid.» Sami het no einisch tief gschnuufet, u du isch er mit syr Frag usegrückt: «I wett nume wüsse – was isch das – e Charakterchopf?»

Der Lehrer het fasch chly ds Lache müesse verhäbe. Warum wott jitz usgrächnet Chorber Sami wüsse, was e Charakterchopf syg? Ändlech het er gmeint:

«Das chan i dir scho säge. Nume – es nähmti mi jitz glych wunger, warum du das wosch wüsse.»

Sami isch fasch chly verläge worde:

«Wen es mues sy – das chan i Euch scho säge, Schuelmeischter. Hüt, won i vor mym Hüsli ghocket bi u ärschtig am Wärche bi gsi, isch ungereinisch eine derhär cho z trappe. Er het mer e Zytlang zuegluegt. Dä het dänk no nie e Wydlischryner bi der Arbeit gseh. Ändlech isch er neecher cho u het ggrüesst. Em Rede nah isch es nid e Hiesige gsi. Ender eine us em Dütsche. Derzue het er chly ne eigelegi Aalegi gha u schier chly stober usegluegt. Item, won er du sy Gwungernase gnue gfuetteret het gha, meint er ungereinisch zue mer, ob er mi öppis dörf frage. I ha nöie nüüt dergäge gha. Er syg Kunschtstudänt, het er du gseit, er wöui Kunschtmaler wärde u syg uf ere Studiereis. Wen er öppis gseei, wo ne inträssant düechi, de tüei er das abzeichne. U drum wett er mi jitz frage, ob er mi o dörfi zeichne – i heig so ne prächtige Charakterchopf! Weder jitz säget mer, Schuelmeischter, was isch das?»

Dä het sech nid lang müesse bsinne:

«E Charakterchopf, das isch gleitig gseit. Das isch äben es Gsicht oder e Chopf, wo nid grad usgseht wi hundert angeri. Me gseht's däm Chopf aa, dass da e bsungere Mönsch vor eim steit. Äbe von ere Art u Wys, wo ender sälten isch. We me vo eim cha säge, er heig e Charakterchopf, de isch das fasch so öppis wi ne Uszeichnig!»

Uf di Erchlärig abe het es der Lehrer ddüecht, Sami luegi ne jitz ordeli stober aa. Drum het er ne gfragt:

«Jä – u de? Het er di du abzeichnet? Oder chunnt er no einisch verby? Dänk doch, we dys Bild einisch in ere Usstellig würdi hange... I wett ömu de dä Helgen o gseh!»

Sami het e rote Chopf übercho u du ändlech fürebbroosmet:

«... nei, zeichnet het er mi nid – un i gloube chuum, dass er no einisch chunnt...»

«Warum de nid? Hesch ihm Abchabis ggä? Hesch di amänd scheniert, di la abzzeichne? Mängen angere würd d Finger schläcke, we me ne so öppis fragti! Red, warum hesch di nid la zeichne? Es hätti di doch nüüt gchoschtet, o nid versuumet, u weh tuet es o nid!»

«Das weiss i däich o», het Sami duuche bbrümelet. «Weder i ha äbe gmeint – e Charakterchopf, das syg öppis Wüeschts – so wi ne Wasserchopf, u drum bin i unerchannt toube worde. I ha mit emne Chnebu ufzoge u dä Sürmu aagsuuret, er söu mache, dass er zum Tüüfu chömi, i lööi mir nid vo jedem häregloffene Schnuderbueb settegi Schlämperlige la aapänggle!»

Dräckegi Füess

Godi u Miggu sy Brüeder gsi. Beidzäme Junggsellen u afen öppis über vierzgi. Si hei zäme in ere Zwöizimmerwonig a der Brunngass hinger gläbt u schlächt u rächt ghusaschtet. Zueggä, grad bsungers aamächelig het es i der Wonig nid usgseh. We nid Godi, er isch vo Bruef Schryner gsi u dermit doch chly a Ornig gwanet, öppen einisch ufgruumt u sogar mängisch e Bäsen oder e Fägbürschte i d Hang gno hätti, so wär es meh weder nid chuum zum Derbysy gsi. Miggu, der Elter, er isch Bouhandlanger gsi, het da geng öppe füfi la grad sy. Er isch zimli e Glychgültige gsi, u das het men o syr Bchleidig möge aagmerke. Öppen einisch d Hosen oder d Chutte chly bürschte? Für was o? Die wärde ja glych wider dräckig. U für was gschnyglet umeloufe? Im «Zimmermania» oder im «Tübeli» het er trotz syr leiden Aalegi sys Bier ömu no geng übercho.

D Wösch het dene beiden e Witfrou im glyche Huus bsorget, u die het Miggu scho öppen einisch gseit, er sötti d Ungerhosen u ds Hemli weiss Gott chly flyssiger wächsle, si bringi das Züüg ja chuum meh suber. U syner Socke chönni si o schier nümme flicke, eis oder zwöi Paar neui würdi o nüüt schade. U vilecht sött er o wider einisch syner Zeejenegu schnyde!

Miggu het uf so öppis füraa nüüt gseit oder de nume hässig bbrummlet, si müessi nume mit der Rysbürschte ghörig rible u mit der Marselianerseife nid so gytig umgah, de wärdi di Wösch scho wider suber. Fürigs Gäld für neui Ruschtig heig er mytüüri nid. Wäge de Löcher i de Socke – ihn schenieri die ömu nid! U ds Neguschnyde syg de geng no sy Sach! Weder äbe, so syge d Wybervölcher, di meini, si müessi ihri Müler geng dryhänke. Gottlob heig är nie ghürate!

Item, trotzdäm sy di Brüeder meh oder minger rächt mitenang uscho. O we sech Godi mängisch ab Miggus Hootscherei ufgregt het, solang dä sy Souornig numen i syr Stube het, isch das däm sy Sach. U ändere chan er Miggu nümme.

Ei Aabe, wo Godi heicho isch, da isch Miggu scho deheime gsi. Das isch ender ugwöhnlech gsi u fasch nie vorcho. O we Miggu z rächter Zyt Fyrabe gmacht het, heiggangen isch er wägedesse no nid. Nei, er isch geng no im ne Beizli ebhanget. Im Summer für e Stoub abezschwänke u im Winter für di dürfrorene Glider chly ufzwerme. U im Früelig oder Herbscht für ds einten oder ds angere, je nach em Wätter.

Drum isch Godi jitz ordeli verwungeret gsi, won er Miggu scho deheime aatroffe het. Aber er het du no gly gseh, dass sy Brueder nid für nüüt u wider nüüt uf sys Fyrabebier verzichtet het gha. Miggu isch uf sym Bett ghocket. Er het mit beidne Häng ds einte Wadli gha u derzue gottsjämmerlech pyschtet u gweisselet.

«E zum Donnerli, was isch ömu o los?» het Godi schier erchlüpft gfragt.

«Das gsehsch dänk! – Weh tuet es mer, unerchannt weh – oi, oi, oi!»

«Was hesch de o gmacht? Bisch verletzt?»

Es isch es Chehrli ggange, bis Miggu mit Jammere chly ufghört u verbisse Bscheid ggä het:

«Der Scheiche verdrääit han i! – Bi uf nes Brätt tschaupet, u das het gnepft, u scho isch es gscheh gsi – u mytüüri numen es paar Ougeblick vor em Fyrabe – oi, oi, oi! Zersch het es nid bsungers weh ta, ersch bim Heiloufe het es aafa süngge. Nid esmau mys Bier han i chönne ga trinke!» U das het Miggu wahrschynlech no meh weh ta weder sys verdrääite Scheichli. «U jitz, won i us em Schue gschloffe bi, isch dä Cheib ersch zgrächtem gschwulle worde.»

«Chasch der Fuess bewege?» het Godi wöue wüsse.

Miggu het der Chopf gschüttlet: «Äbe chuum.»

«Vilecht isch öppis bbroche», het Godi gwärweiset.

«I gloube nid, süsch hätt i nid chönne heiloufe.» Miggu het wider pyschtet. «Dänk verstuucht – aber es tuet soumässig weh!»

«Vilecht sött me Umschleeg mache», het Godi vorgschlage. «Das nimmt chly d Schmärze. De mues me wyter luege – ob morn chasch ga wärche – i weiss nid. Schlüüf afen einisch us em Socke.»

Mit Jammeren u Weebere het Miggu dä Socke vom Fuess gchnüblet. Ungerdessen isch Godi i d Chuchi ggangen u het dert e Pfanne Wasser uf em Gasherd überta. Won er wider i Miggus Stube cho isch, da isch er schier erchlüpft blybe stah u het nume stober gluegt. Un er het zersch läär müesse schlücke, bis er ändlech het chönne säge:

«Himuheiterblaui Blüemli – was hesch du für dräckegi Scheiche!»

Dräckegi Scheiche – das isch eigetlech fasch zweeni gseit gsi für das, wo da unger a Miggus Hosebei usegluegt het. Dä Fuess isch tschägget dunkugrau gsi, u zwüsche de Zeeje het es e Dräckrauft gha, me hätti drin schier Härdöpfle chönne setze.

Miggu het sy Brueder hässig ungerufe aagluegt, e gääie Schnuuf ta u ändlech toube gseit:

«Das isch dänk my Sach, wi myner Scheiche drygseh – das geit di überhoupt nüüt aa – lueg du nume zu dyne!»

«Oh, die chasch jederzyt aaluege», het Godi glachet. «So dräckegi han i mytüüri nid!»

Miggu het zersch nüüt meh gseit. Zu de Schmärzen im Fuess isch jitz no d Töibi über sy Brueder cho. U ersch nach emne Chehrli het er du sy Antwort zwäg gha:

«Das isch dänk nid z verwungere, dass myner Scheiche chly dräckiger sy – zletschtamänd sy si ja es paar Jahr elter weder dyner!»

Diplomatie

Mit emne ordeli länge Gsicht het Brächt uf das Ässe gluegt, wo da vor ihm uf em Tisch gstangen isch. Ässe? Ja nu, me cha däm ja o so säge. D Büüri wird dänke, für ihn tüeji's das. We nume der Mage fyschter wird. Weder di paar gschwellte Härdöpfle u di gsottene Rüebli hei Brächt doch grad chly mager u eitönig ddüecht. Aber hie uf em Studacherhof cha me dänk chuum meh erwarte.

Brächt isch Tauner gsi. Er isch im ganze Biet ume vo eim Hof zum angere uf d Stör ggange. Wen er nid grad uf em Fäld het chönne hälfe, de het er süsch öppis uf em Hof oder drumume z chrättele gha. Brächt het schier jedi Arbeit gmacht. Er het Wärchzüüg gflickt, het chönne schrynere u glase, het Chörb gflickt oder der Büüri der Zuun um e Bohneblätz i d Gredi grichtet, u wen es grad nötig isch gsi, isch er em Charrer a d Hang ggange. Äbe so ne richtige Chummerzhilf! Drum isch er o uf jedem Hof gärn gseh gsi. O wen er mit syne achtesächzg Jahr nümme grad der Tifigscht isch gsi: was er i d Häng gno het, isch guet usecho. U wäg em Lohn, da het es nie viil z rede ggä. Em Brächt isch d Houptsach gsi, dass er rächt u gnue z ässe übercho het un am Aabe syner Glider in ere Chnächtechammere unger ne Dechi het chönne strecke. U wen ihm der Meischter zwüschenyne öppe no nes Glesli Brönnts ggä het, de isch Brächt selig gsi.

Dass er aber jitz usgrächnet uf däm Studacherhof isch, das isch für Brächt ender ugwöhnlech gsi. Er isch süsch uf jedes Heimet gärn ga wärche, hingäge der Studacherhof het er gmide, won es ggangen isch. Di Meischterlüt hie sy nämlech wytume verbrüelet gsi als Gythüng u Batzechlemmer. U das gar nid zu Urächt. Das het me scho a de Dienschte gseh. Si hei nämlech nume grad ei Chnächt gha, u dä isch o no grad Charrer u Mälcher gsi. Derby hätti der Hof vo der Grössi här guet no ei oder zwee Chnächte möge verlyde, u der Studacherbuur hätti's o nid nötig gha, so pääguhäärig z tue. Weder we eim äbe der Gyttüüfu im Äcke hocket... U d Büüri isch grad im glyche Spittu chrank gsi.

Item. Wo Brächt hüt am früeche Morge vom Eichhof obenabe cho isch u grad gwärweiset het, ob er ächt jitz linggerhand gäge d Chälismatt oder rächterhand gäge Bodenacher söu, da isch vom Studacher ungerufe der Buur cho z schuene u het scho vo wytem d Häng verworfe. U won er schier usser Aate bi Brächt aacho isch, het er dä gfragt, ob er nid für nes paar Tag zu ihm chönnti cho. Der Chnächt heig ds Scheichli verdrääit u müessi im Bett lige. Usgrächnet jitz! Drum mangleti är öpper z ha, wo ihm us em ergschte Dräck use hälfi.

Brächt isch nöie zersch nid grad schnitzig gsi. Uf e Studacherhof? Usgrächnet dert häre? Weder es isch ihm du grad kei gäbegi Usred i Chopf cho, u drum het er sech nid derfür gha, nei z säge. Derzue het er ddänkt, wen es ihm de nid sött passe, chönn er ja de geng no säge, er syg für morn am ne angeren Ort bstellt u müessi wyter. Drum het er afen einisch zuegseit u isch mit em Buur gäge Hof abe.

Weder won er jitz da vor sym erschte Mittagässe ghocket isch u het müesse gseh, dass es ussert de Gschwellte u de gsottene Rüebli nüüt angers uf em Tisch het – o kei suure Moscht –, da het er der Aate gääi yzogen u ddänkt, er hätti's ja söue wüsse, dass ds Ässe hie meh weder nume mager syg. We das nid sötti ändere, de isch der erscht Tag hie o grad sy letscht!

Da isch ihm uf einisch i Sinn cho, er chönnti amänd der Büüri wägem Ässe e Stupf a ds Schimbei gä. Vilecht würd es de bessere. Aber wie? Brächt isch nid eine gsi, wo nume grad ufbegährt het oder drygschossen isch wi ne Muni i ne Chrishuufe. Wen er öppis het wöue, so het er das geng chly uf ne hübschelegi Art gmacht, diplomatisch, wi me eigetlech sött säge. Er het da derzue syner Wort geng süüferli abgwäägget u se mit emne Ougezwinkere fürebbroosmet. U mit sym gsungen u fyne Humor het er so scho mängs errangget, won er mit Dryschiessen u Füürtüüfle nid hätt chönnen ändere.

Drum het er o jitz no ne Ougeblick ghirnet, bis ihm öppis i Sinn cho isch, win er der Büüri uf ne dütlechi Wys chönnti z merke gä, dass gschwellti Härdöpfle u gsotteni Rüebli elei i Gottsname keis Ässen isch für Lüt, wo sötte wärche. U dass es uf emne Hof wi hie scho fasch gschämig syg, eim so öppis Magers ufzstelle. O we me numen e Tauner isch.

Brächt het eine vo de gschwellte Härdöpfle – es isch eine vo de grössere gsi – a ds Mässer gsteckt, ne nachhär hin u här ddrääit u ne vo allne Syte gmuschteret. Ändlech het er bedächtig gmeint:

«Schöni Härdöpfu heit der hie, cheibe schöni. U de no unerchannt grossi!»

Derzue het er dä Härdöpfu wider wi nes Wunger aagstuunet. D Büüri het läng gluegt:

«Düecht es di? I gseh da nöie nüüt Bsungers. Si sy dänk wi a angerne Orten o. Bintje.»

Brächt het wyter grüemt:

«O d Rüebli sy unerchannt schön u chäch – i ha no chuum einisch settegi gseh!»

Jitz het ne o der Buur stober aagluegt:

«Nimmt mi nume wunger, warum du üser Härdöpfu u Rüebli derewääg i Himu lüpfsch – anger Bure hei sicher o settig.»

Brächt het sy Härdöpfu hübscheli abgleit u nach emne längen Aatezug gseit:

«Oh, das wett i jitz nid bhoupte. Uf angerne Heimet hei si füraa so leidi Härdöpfle u Rüebli, dass me geng no ghörig Späck u Bohne derzue mues ässe, für nid hungerig vom Tisch z müesse!»

A däm Aabe het es uf em Studacherhof zum Znacht Röschti mit Späck u Stierenouge ggä. U für e Brächt grad zwöi.

Alfred Beck: Käthi u Philipp
Frau Geissbüeler möchte mehr sein, als sie ist: eine geborene von Känel. Zu ihrem grossen Leidwesen ist das kein Patriziergeschlecht. Aber sie schaut auf ihre Art und Weise, «e nobli Läbtig» zu zeigen. Zum Beispiel im Reden. Es geht ihr nicht etwas gegen den Strich – es ist ihr contre cœur. Und gewisse Dinge findet sie einfach dégoûtant! Ihren Sohn tauft sie nicht Fritz oder Hans, sondern Philipp Emanuel. Und zwanzig Jahre später hält sie für ihn Ausschau nach einer Frau. Einer standesgemässen. «Doch da isch du öppis gscheh, wo di Sach uf nes angers Gleis bbracht het. U da derzue het d Frou Geissbüeler vorlöifig nüüt chönne säge. Si het nämlech nüüt dervo gwüsst!»

Heinz Stauffer: Vo nüt chunnt eifach nüt
«Itz chunnt aber dr Schönscht. Itz müesst dr guet lose. Ei Nacht sig dr Bögli plötzlech erwachet, wüll si Frou so närvös gfägnäschtet heig. U wo ner du zgrächtem wach gsi sig, da hocki die im Bett u heig d Bettfläschen aagschtützt. Öppis Cheibs heig er ja scho lang gschpannet gha u dänkt, das sig itz scho meh weder kurios, dass si Frou i dr Letschti geng über chalti Füess chlagi.»
Heinz Stauffers Geschichten «schauen den Leuten ‹aufs Maul› und decken in deren haargenau beobachteten Ausdrucksweise mannigfache Zeichen der Lieblosigkeit, des Egoismus, der seelischen Blindheit auf».
(Der Bund)

Theresa Schlup
Was würde o d Lüt säge?
Die Geschichte eines Neubeginns
Edition Francke
im Cosmos Verlag

Theresa Schlup: Was würde o d Lüt säge?
Eine Frau beginnt mit 53 ein neues Leben. Theresa Schlup, die nahe der Bundesstadt in ländlichem Milieu aufgewachsene Bernerin, hat sich vor sieben Jahren in Paris niedergelassen, dort neu angefangen. Sie hat sich von der Fessel «Was würde o d Lüt säge?» befreit, hat wahr gemacht, was sie sich schon lange gewünscht hat: ihr Leben zu leben. «Milde Heiterkeit durchzieht diese Geschichten und eine Spontaneität in der sprachlichen Formulierung, die dem Berndeutschen aparte Facetten abzugewinnen versteht.» (Der Bund)

Erwin Heimann: Wätterluft
Acht Mundarterzählungen zu den Themen: Sexualität, männlicher Egoismus, Behinderte, Kindererziehung, religiöser Wahn, Seitensprung, Unzucht mit Minderjährigen. «Erwin Heimann ist ein spannender Erzähler, und er erzählt direkt aus dem Leben. Seine Sätze sind knapp, präzis, ohne Schnörkel. Auch auf berndeutsch deckt jedes Wort haargenau die Sache, die es beschreibt. Man lese etwa den ‹Hundshimmel›, für mich Heimanns absolutes Meisterwerk in der Formulierung, aber auch im Aussparen alles Überflüssigen, im leisen Humor wie in der Andeutung des Ernstes.» (Ruth Bietenhard)

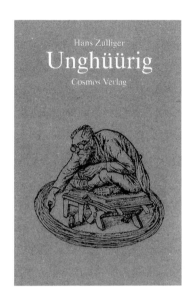

Hans Zulliger: Unghüürig
«Ein Buch voll unheimlicher Spukgestalten. Menschen kämpfen mit bösen und guten Geistern, gelenkt von unsichtbaren Mächten. Ein Buch auch voll tiefen Glaubens an die bewahrende Kraft lauterer Liebe.» So lautete der Text auf dem Schutzumschlag der 1. Auflage 1924. Jetzt ist diese Sammlung von Sagen, die Hans Zulliger zusammengetragen und berndeutsch aufgeschrieben hat, wieder erhältlich. Hans Zulliger erzählt die 21 Sagen nicht in trockener, protokollarischer Art, sondern farbig, von Phantasie belebt. So bietet das Buch neben all der volkskundlich und psychologisch bedeutsamen Handlung währschafte Unterhaltung. Die 21 Sagen eignen sich auch bestens zum Vorlesen.